共和国故事

核电丰碑

——秦山核电站并网发电

马　夫　编写

吉林出版集团股份有限公司

图书在版编目（CIP）数据

核电丰碑：秦山核电站并网发电/马夫编． —

长春：吉林出版集团股份有限公司，2009.12

（共和国故事）

ISBN 978-7-5463-1815-8

Ⅰ．①核… Ⅱ．①马… Ⅲ．①纪实文学－中国－当代 Ⅳ．①I25

中国版本图书馆 CIP 数据核字（2009）第 236726 号

核电丰碑——秦山核电站并网发电

HEDIAN FENGBEI   QINSHAN HEDIANZHAN BINGWANG FADIAN

编写　马夫

责任编辑　祖航　息望　林琳

出版发行　吉林出版集团股份有限公司

印刷　三河市嵩川印刷有限公司

版次　2010 年 1 月第 1 版　　　　　2022 年 1 月第 9 次印刷

开本　710mm×1000mm　1/16　　　印张　8　字数　69 千

书号　ISBN 978-7-5463-1815-8　　定价　29.80 元

社址　吉林省长春市福祉大路 5788 号

电话　0431－81629968

电子邮箱　tuzi8818@126.com

前　言

　　自 1949 年 10 月 1 日中华人民共和国成立至今，新中国已走过了 60 年的风雨历程。历史是一面镜子，我们可以从多视角、多侧面对其进行解读。然而有一点是可以肯定的，那就是，半个多世纪以来，在中国共产党的领导下，中国的政治、经济、军事、外交、文化、教育、科技、社会、民生等领域，都发生了深刻的变化，中国人民站起来了，中华民族已屹立于世界民族之林。

　　60 年是短暂的，但这 60 年带给中国的却是极不平凡的。60 年的神州大地经历了沧桑巨变。从开国大典到 60 年国庆盛典，从经济战线上的三大战役到经济总量居世界第三位，从对农业、手工业、资本主义工商业的三大改造到社会主义市场经济体制的基本确立，从宜将剩勇追穷寇到建立了强大的国防军，从废除一切不平等条约到独立自主的和平外交政策，从"双百"方针到体制改革后的文化事业欣欣向荣，从扫除文盲到实施科教兴国战略建设新型国家，从翻身解放到实现小康社会，凡此种种，中国人民在每个领域无不留下发展的足迹，写就不朽的诗篇。

　　60 年的时间在历史的长河中可谓沧海一粟。其间究竟发生了些什么，怎样发生的，过程怎样，结果如何，却非人人都清楚知道的。对此，亲身经历者或可鲜活如昨，但对后来者来说却可能只是一个概念，对某段历史的记忆影像或不存在，或是模糊的。基于此，为了让年轻人，特别是青少年永远铭记共和国这段不朽的历史，我们推出了这套《共和国故事》。

《共和国故事》虽为故事，但却与戏说无关，我们不过是想借助通俗、富于感染力的文字记录这段历史。在丛书的谋篇布局上，我们尽量选取各个时代具有代表性或深具普遍意义的若干事件加以叙述，使其能反映共和国发展的全景和脉络。为了使题目的设置不至于因大而空，我们着眼于每一重大历史事件的缘起、过程、结局、时间、地点、人物等，抓住点滴和些许小事，力求通透。

历史是复杂的，事态的发展因素也是多方面的。由于叙述者的视角、文化构成不同，对事件的认知或有不足，但这不会影响我们对整个历史事件的判断和思考，至于它能否清晰地表达出我们编辑这套书的本意，那只能交给读者去评判了。

这套丛书可谓是一部书写红色记忆的读物，它对于了解共和国的历史、中国共产党的英明领导和中国人民的伟大实践都是不可或缺的。同时，这套丛书又是一套普及性读物，既针对重点阅读人群，也适宜在全民中推广。相信它必将在我国开展的全民阅读活动中发挥大的作用，成为装备中小学图书馆、农家书屋、社区书屋、机关及企事业单位职工图书室、连队图书室等的重点选择对象。

编　者
2010 年 1 月

目 录

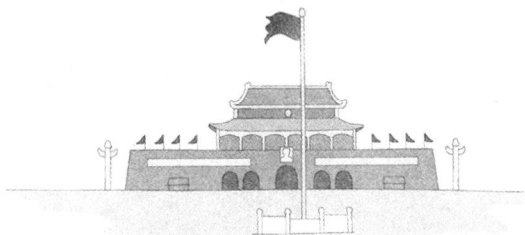

一、 中央决策

● 南京军区司令部作出决定："离核电站5.4公里处的澈浦靶场，改变轰炸、射击航线，确保核电站安全，划出空中安全区。"

● 王淦昌给张爱萍写信说："正确的核电引进政策不应该是全套进口，而应该在实现技术转让的前提下引进关键设备和特殊材料。"

周恩来指示要搞核电站

1964 年 10 月 16 日，我国第一颗原子弹爆炸成功。随后，周恩来指示二机部即前核工业部的有关领导：

核工业部不应该只是爆炸部，要和平利用核能，搞核电站。

1970 年 2 月 8 日，周恩来在听取上海市关于缺电的情况汇报后指出：

从长远看，要解决上海和华东用电问题，要靠核电。

因为周恩来知道，根据国外有关的权威资料表明：全世界已探明的石油储藏量，按目前的消费水平来估算，大约 30 年就将用完。而全世界已探明的煤炭储藏量，按目前的消费水平来估算，大约 100 年就将用完。

而且，大规模的烧煤发电，排放二氧化碳形成的酸雨和温室效应，也将会使地球的生态平衡失调，气候异常。所以，我国不发展新型的清洁能源是不行的。

会上，周恩来亲自制定了我国发展核电的原则是：

安全、实用、经济、自力更生。

　　随后，上海市委根据周恩来的指示，筹建了"七二八"工程设计院，即上海核工程研究设计院。同时，任命欧阳予为"七二八"院的总工程师，主要负责核电站的心脏，即核反应堆的设计。

　　"七二八"院是以周恩来首次提议我国搞核电站的日子命名的核工程设计院。从此，我国核电建设事业正式拉开了序幕。

　　当时，上海市委想在上海的"三线"安徽宁国一带，搞一个藏在山洞里的，设计功率为一万千瓦的战备核电厂。

　　上海市委向周恩来汇报后，周恩来指示：

　　搞大一些，中国要搞核电站。

　　1970年12月15日，周恩来主持中央专委会，第一次听取上海市"七二八"工程赴京汇报小组汇报。

　　1971年9月8日、9日，在北京人民大会堂会议室，周恩来又亲自主持中央专委会，第二次听取上海市"七二八"工程赴京汇报小组的汇报。

　　1974年3月31日，在北京人民大会堂新疆厅，周恩来主持中央专委会，第三次听取上海"七二八"工程赴京汇报小组汇报。

叶剑英、李先念、邓小平、谷牧和国家计委、国防科委、国防工办、一机部、二机部、水电部、冶金部、中国科学院有关领导，参加接见时都在场。

参加技术问题汇报的是彭士禄、欧阳予、缪鸿兴。

会上，周恩来亲自审查批准了《上海"七二八"核电工程建设方案》及《"七二八"核电站设计任务书》，并且指出：

一定要以不污染国土、不危害人民为原则。

周恩来进一步指出：

对这项工程来说，掌握核电技术的目的大于发电。

从而，为我国核电建设指明了方向。

关于修建核电站的争论

1976 年后，我国核电建设事业重新被提上议事日程。但是，核电站的"心脏"，即核反应堆是选择"熔盐堆型技术"还是选择"压水堆型技术"呢？再有，我国的核电站技术是靠"自力更生"，还是靠"全资引进"呢？相关部门一直争论不休。

1977 年，中法两国政府达成了一项水电技术方面合作的协议。在这个协议中，法国承诺，提供贷款与中国开展经济技术合作，其中包括支援我国建设一座核电站。

因此，水电部据此筹划在江苏江阴市建设苏南核电站。国务院也于 1978 年批准了从法国引进两套 90 万千瓦机组的核电站全套技术。

国务院的这一决定，再一次引发了我国的核电站技术是靠"自力更生"，还是靠"全资引进"的争论。

反对"自力更生"的一方认为：纵观世界的核电技术的发展，我国再搞 30 万千瓦核电站的意义不大，应以国际先进技术为起点，没有必要一步一步地从头搞起。

他们还认为：发展核电从 90 万千瓦搞起，这样可以避免浪费，加快步伐，争取时间。不如用"七二八"工程的这笔资金来搞核燃料的浓缩加工和勘探。

因此，一机部有关人员于 1978 年 8 月正式提出停建

"七二八"工程。

支持"自力更生"的二机部则认为："七二八"方案自1970年提出以后，我国有关部门在科研、设计、设备制造上已经做了大量工作，而且国家批准的数亿科研经费，已花去了将近三分之一，岂有轻易下马之理？

何况，在此之前，二机部为我国导弹核潜艇研制核动力陆上模拟堆时，已经积累了相当丰富的核动力反应堆的经验。

更何况早在1974年3月周恩来明确指出：我国掌握核电技术的目的大于发电。

意见双方，一时间，谁也无法说服谁。

1979年1月，副总理薄一波、谷牧出面就建设核电站的有关事宜协调各方意见。会议最后的表决是：一机部、水电部、国家建委主张"七二八"工程下马。而国防科委、二机部、国家计委坚持继续"自力更生"干下去。3比3平，因此，"自力更生"和"全资引进"事宜，都暂时搁置下来。

同年2月，邓小平批示道：

核电事宜由二机部抓总。

虽然争论仍在继续，但这也算是中央的一个结论性的表态。因此，二机部在受权后，便会同国防科委、机械委、化工部、中财委、国家科委、国家能委、上海市再一次展开了我国自力更生建设核电站的事业。

谁知道一波刚平,一波又起。1979年3月28日,美国三里岛压水堆核电站二号堆出现重大事故的消息传来,一时间,一股"恐核"的情绪又弥漫在我国大地上。

在核电安全问题上,有关中央领导在一次接见我国核工业部领导时,用风趣的话表达了他对核电站的安全所抱的科学态度。他说:

> 我听说在核电站工作和周围的人一年所受的辐射,相当于照一次 X 光的剂量,这有什么可怕的呢?俗话说:"叫化子担心,百万富翁反而不怕。"
>
> 美国有多少核电站?日本又有多少核电站?人家不怕,我们倒怕,这叫荒唐。

与此同时,国防科委、二机部等部门也多次上书中央和国务院,要求不要停止核电站建设,同时又开展核电安全宣传,驱散"三里岛事故"形成的人们心理上的恐惧感。

1980年10月20日,二机部副部长、核物理学家王淦昌给张爱萍和其他中央领导同志写信说:

> 正确的核电引进政策不应该是全套进口,而应该在实现技术转让的前提下引进关键设备

和特殊材料。

引进的主要目的不是引进电力生产能力，而是引进核电技术，最终建立自己的核电工业体系。

我认为这一重大工程依赖全资引进的决策是欠妥的。

也就是说，"百鸟在林，不如一鸟在手"。建设"七二八"原型堆核电站，对于掌握核电技术，培养自己的核电建设队伍，消化、吸收国外的核电技术是非常重要的。这是以王淦昌为代表的核科学家的观点。

因此，国务院在汇总了各方意见后，于1981年11月，正式批准了"七二八"工程重新上马。并将"七二八"工程列为"六五"计划的重点建设项目。

随后，全国各省市在贯彻执行国务院重新上马"七二八"工程的过程中，浙江、湖北、辽宁等省有关领导相继写报告给国务院，要求把核电站建在本省。

决定把核电站建在秦山

1981 年 11 月，中央正式批准"七二八"工程重新上马。并将"七二八"工程列为"六五"计划的重点建设项目。

那么，中国第一座核电站的站址终究选在哪里最好呢？这一步，也迈得十分艰难。

在 1975 年 10 月，"七二八"工程第一个设计方案出来后，"七二八"工程院参考美国西屋核电公司、白布考克－威尔考克斯核电公司、燃烧公司这三家美国核电公司的选址方案，将我国第一座核电站的厂址选在浙江省富阳县七里泷杨家垅一条山沟里。

可是，当地的老百姓害怕在他们自己家门口造核电站。不少人担忧，一些政府部门也怀疑：核电站是否会污染美丽的富春江？

因此，"七二八"工程院拿出了第二个设计方案，把厂址选在江苏省江阴县。这个厂址靠长江，也便于开始做前期的准备工作。

可是就在这时候，1979 年 3 月 28 日凌晨，美国三里岛核电站突然发生泄漏事故。核污染并没漂洋过海，但是，正在内蒙古召开的全国能源对策会议所有的与会专家却震惊了。

"不能在大城市附近建造核电厂了！"当时的国务院负责人这样说。

于是，第二个厂址又放弃了。随后，核工部准备把厂址选在上海奉贤县益山石化厂附近。可是，勘测人员在这里连打三个地质探桩，钻头一直钻到地底70米以下，仍然见不到岩层。

勘测人员知道：这可绝对不行！因为，核反应堆的基础，必须构筑在岩基上！

1981年11月，中央正式批准"七二八"工程重新上马后，核工部又为选址的事情犯起愁来。

说来也巧，核工部部长刘伟认识浙江省委书记铁瑛。于是，刘伟就跑去找铁瑛，告诉他想把核电站建在浙江省。

铁瑛说："行！我们浙江省人民支持你们二机部。支持我国第一座核电站的建设，我们义不容辞啊。"

浙江省省长李丰平、副省长翟翕武等人看到核电的前景都表示支持。为此，水利厅厅长徐洽时，开了几次动员会，对相关各部门做了大量的解释工作，最终统一了思想。

于是"七二八"工程筹建处的党委书记赵志堂、主任于洪福、副主任陈曝之等人，带领一班人马，会同上海"七二八"工程研究设计院、浙江省建委及电力有关人员，风尘仆仆地急驰浙东沿海，踏勘核电厂厂址。

他们从临海跑到温州，再返到嘉兴，总共跑了3个

地区 7 个县，先后踏勘了临海县的梅见、里沙巷、外沙巷；三门县的健跳铁冠山、健跳凤凰山；永嘉县的埭上、埭下、浦边、黄田岙；瑞安县的马屿四甲山、宝香山、连潭山；乐清县岐头山；温州市的龙湾、金岙。但是，都不是他们想象中的核电厂厂址。

1982 年 8 月的一天，核电厂的踏勘人员来到秦山。他们踩着半人多高的芦苇，来到秦山脚下，只见眼前的杭州湾水面开阔，从山脚一直到远处的地平线一片汪洋。

濒海的山虽不高，仅海拔 200 米左右，但山体厚实，如果劈去它靠海的半边，场地正好可建造核电厂厂房，而劈下来的土石方又可以围填海里的滩涂。

而且，核电厂的循环用水可以就近取水。再加上这里又面临杭州湾，海运极其方便。港湾水深，岸坡为岩基。

当时看到这里，差不多每个人都高兴得喊了起来：

"好地方呀，好地方呀！"

随后，踏勘人员又向随行的当地乡领导了解到：秦山位于海盐县东南 10 公里的长川坝公社境内，山后是夏家湾大队。人口少，符合核电厂周围不宜人口密集的原则。

当地乡领导还介绍说：这里离沪杭公路也很近，可将公路引入厂区内。淡水水源则可以从太湖流域河网取水。

另外，距秦山 10 公里的长山，其西侧已建有长山人工河，经澉浦、硖石、桐乡接入京杭大运河。河网交错，相互沟通。

但是，我国水产总局的有关领导，却对核电站厂址选在东海岸表示忧虑。他们担心核电站会有污染，把舟山渔场给毁了。毕竟，舟山渔场的年捕鱼量占全国海洋鱼产量的70％，所以水产总局领导的顾虑，也可以理解。

于是，中国核工业部、中国水产总局、上海"七二八"工程设计院、浙江省环保局联合派人赴日本考察。

因为日本的核电站都建在海边，所以考察团想知道，这些核电站会不会污染周围海域？核电站附近海域，如舟山捕的鱼，能不能吃呢？

日本有关部门接待了他们。一次吃饭时，接待他们的日本主人，指着餐桌上的鱼说："这鱼就是核电站附近的呀！舟山在哪里？离你们的核电站200多公里，这对日本来说，已远在国外了。"

1982年8月25日，为了进一步确定未来的核电厂是否会对周围的环境产生污染，由国家环境保护监察部部长曲格平主持，环保部、核工部、水电部、水产总局、地质部，在上海衡山宾馆召开了一次联席会议。讨论的还是厂址问题。

经过这次赴日考察，水产总局已不担心在我国东海岸建造核电站会污染舟山渔场了。

然而，一波未平，一波又起。就在这个时候，有关部门又给"七二八"工程筹建处出示了一份资料。

资料表明：在杭州湾、萧山一带，有一条从黄海延伸过来的地震断裂带，秦山核电厂的厂址正好落在这条地震断裂带上面。

也就是说，秦山这个地方，在日后有可能遭受地震的侵袭的危险。未来的核电厂如果正建造在这条可怕的地震断裂带上面，万一地震震塌核反应堆，后果不堪设想！这可非同儿戏。

顿时，"七二八"工程筹建处的所有人员都感到了事情的严重性。

早在选定秦山时，"七二八"工程筹建处已请浙江省地质部门查过秦山附近地域1000年来的地质历史记载，据此推算，在未来的100年里，秦山地震的烈度不会超过1级。

现在，一下子发现一条地震断裂带正阴险地隐藏在秦山底下，好像一条在地底蛰伏了上万年的妖蟒，正张着血盆大口，想伺机吞噬未来的核电厂。这怎么不教人焦虑呢？

为此，"七二八"工程筹建处的副主任陈曝之等人跑杭州、跑南京、跑北京请教有关地质专家。

他们先跑到杭州，找到浙江省的航测部门说："我们听说，从黄海一带延伸过来一条地震断裂带正隐藏在秦山底下，上次你们为什么不告诉我们呢？"

航测部门很惊讶地说："一条地震断裂带？怎么我们没有这个印象呢？"

于是，"七二八"工程筹建处和航测部门的人员仔细地一查资料，大家终于清楚了。航测部门的人笑着说："这可不是什么地震断裂带，这是若干亿年前地球变化的一条古老的痕迹！"

他们连连向航测部门道谢。随后，为了慎重起见，陈曝之等人又赶到北京有关地质部航测部门，找到同样的证明资料，他们心中的石头这才完全落了地。

1982 年 10 月 12 日，为配合"七二八"工程筹建处的选址工作，经中央军委批准，总参、总政、空军、南京军区作出决定：

> 离核电站 5.4 公里处的澉浦靶场，改变轰炸、射击航线，确保核电站安全，划出空中安全区。

1982 年 11 月 2 日，国家经委正式批准了这个工程的选址方案：

> 我国第一座核电站建在浙江省海盐县的秦山。

自此，历时 10 年酝酿的我国自力更生建设核电站的战斗，就在我国浙江省海盐县的秦山脚下打响了。

二、 安全施工

● 在谈到工程进展时，李鹏强调："要坚持质量第一，安全第一，不要赶进度，在进度和质量矛盾时，要以质量为主。"

● 筹备组党委书记赵志堂在接受记者采访时说："建设这座核电厂是一项攻坚任务，要在今后6年内完成施工并确保安全投产，这对我们的要求的确很高。"

● 一位欧洲客人忧虑地说："秦山核电厂可不能出事故，万一出事故的话，中国的压水堆的声誉就毁了。这一毁不打紧，世界的压水堆的声誉也会连同它一起毁掉的。"

秦山核电站破土动工

1982年12月4日，浙江省海盐县的秦山脚下，我国第一座核电厂的建设工程，在这里正式揭开序幕。

秦山核电厂的筹建人员，在核工业部"七二八"工程筹备组党委书记赵志堂、主任于洪福和副主任陈曝之的率领下，先后于3日、4日两天进驻施工现场，指挥和协调"三通"，即"通路、通电、通水"工作的展开，为第二年第一季度破土动工做好充分准备。

根据国家经委的规划，秦山核电厂是我国自行研制的第一座30万千瓦压水堆核电装置。

而且，海盐秦山紧邻上海，秦山核电厂建成并网发电后，将对缓解我国华东电网的紧张状况有重大意义。

秦山核电厂厂房及附属设施预计占地1200多亩，绝大部分将通过围海造地来解决。整个建设用地仅需占用耕地和林园30余亩。

所以，当地的群众赞扬说："核电核电，少占农田。为民造福，安全价廉！"

为了保证工程顺利进行，有关部门已经成立了相应的指挥协调机构，核工业部已把这项工程列为工作重点之一，并已派出专人到达施工现场，协助筹建机构工作。

根据有关规划，秦山核电厂的主要设备将都在国内研制采购。其中绝大部分由上海市的有关科研单位承担研究、设计、制造的任务。

综合以上情况，国家经委要求，秦山核电厂将不晚于1988年底投产发电。

12月4日，即秦山核电厂的筹建人员进驻施工现场的第二天，筹备组党委书记赵志堂在接受记者采访时说：

> 建设这座核电厂是一项攻坚任务，要在今后6年内完成施工并确保安全投产，这对我们的要求的确很高。

同时，他请记者转告全国人民：

> 我们全体工程技术人员、工人和干部，决心继承和发扬当年创建第一批核工厂的苦干精神，一定把我国第一座核电厂如期建成，并且力争早日运行发电，为四化建设提供新的能源。

于是，各路人马从西北戈壁滩、从西南巴山蜀水、从东北松辽平原陆续开进秦山核电厂工地。

一时间，夹带着全国各地方言的普通话，打破了这个偏僻的江南近海小村的宁静。

早在11月底，原任甘肃四〇四厂，即我国第一个军用反应堆副厂长的于洪福带着一群西北汉子从戈壁滩赶来了。1982年初，于洪福从甘肃四○四厂调往北京，担任"七二八"工程筹备处主任。这一年，他46岁。

海盐县人民政府招待所的两幢老式青砖平房，就是于洪福和筹备处其他同志当年"安营扎寨"的地方。几间简陋的房间，成了筹备处的办公室。

于洪福说："即使是这样简陋的条件，比起50年代我国军用反应堆在西北创业之初的生活条件，也是强多了。"当年于洪福他们住的是地窝子、帐篷，这里再简陋毕竟是房子嘛！

可是，在这地处江南的秦山核电厂工地，一到冬天，这批西北汉子受不住了，都冻得哆哆嗦嗦的。原来，西北虽然寒冷，但是冬天家家户户都有暖气；南方虽然相对暖和，但是冬天家家户户没有暖气。

于洪福还记得，核电厂筹备处的首次会议，是站着开的。当时，于洪福实在冻得受不住了，一边发言一边跺脚取暖。这就是西北汉子在海盐过冬的一个缩影。

而一到夏天呢，海盐这地方闷热，这群西北汉子就更犯愁了。他们整天热得一身汗，黏糊糊、咸腻腻的。再加上蚊子又来骚扰，一叮一个红疙瘩，又疼又痒，所以，对他们来说，工作生活真的不容易呀。

为此，浙江省政府、嘉兴市政府、海盐县政府，都很关心支持筹建处的工作，把住房、粮食、蔬菜都尽量给于洪福他们准备好。

浙江省副省长翟翕武、嘉兴市市长周洪昌，都到工地来，帮助做好施工的前期准备。

刚撤地建市后的嘉兴市委把核电站建设作为分内事来办，协同海盐县做好各项配套服务工作。

首先，他们动员当地群众顾全大局，积极支持核电建设，普及核安全知识，消除核恐惧心理。

其次，他们协助核电站以优惠价格征用土地，帮助解决粮食和副食品供应以及子女读书、家属就业、职工看病等一系列后顾之忧。

于洪福和这群西北汉子在秦山工地驻扎下来后，于洪福便在武原镇及周围农村，作了一个月的关于核电知识的科普宣传。

于洪福曾担任过共青中央委员，所以，他很会做群众工作。比如，"三通"的电线要拉过村子、预埋的水管要从村前的一块土地上经过等，难免要损毁当地村民的土地、道路等。每当这时候，他从不摆"官架子"以势压人，总是尽可能地给予这些村民赔偿或补贴。而且，他说话算数，所以久而久之，当地村民都很信任他。

筹备工作千头万绪，艰苦繁琐。但是，这批西北沙漠戈壁出来的汉子，都是吃惯苦的人。所以，他们干起来也是有滋有味、井井有条的。

1983年2月，中国核工业总公司二十二公司第二分公司一工区主任沈维贞，带领部分工人离开四川八一六厂，即我国拟建的第三个浓缩铀生产厂，奔赴秦山核电厂。

这支先遣人员到达秦山，才发现面向大海的秦山工地居然没有水喝。原来，杭州湾涨潮时足足有 12 米深的水，低处的池塘都被海水灌满了，海水又涩又苦，人自然喝不成。

因此，沈维贞他们只好喝秦山脚下芦苇滩旁边地势较高的河沟里的水。可是，那沟里的水满是小虫子和水蚤在里面乱游，水面上也是草蚊乱飞，扑人的眼睛，钻人的耳朵。

没办法，也没时间烧开水，大家只好将就着喝。还别说，居然没一个人闹肚子，大家都笑着说："这大概就是这些年干'核工作'苦出来的本钱。"

就这样，汇集在秦山的各路人马，都任劳任怨为核电厂的初期建设紧张地忙碌着。

1983 年 6 月 1 日，杭州湾"轰隆"一声巨响，顿时，大地剧烈震颤。只见秦山的一处山脚突然被掀开了一个豁子，豁子近处的山石腾空飞起，黑土遮天。

没过多久，浙江省地震监测局值班室突然响起急促的电话铃声。值班人员才拿起话筒，里面便传来急促的声音，说：

> 我是上海市地震监测中心！就在刚才，我们这里监测到你们浙江省东部发生了 3 级地震！震中在浙江海盐县城 3 公里附近！请你们迅速核实这次地震的详细情况和震中的详细位置！

随后，地震监测局值班人员迅速将上述情况打电话上报给海盐县委。县委有关人员听到汇报后，不禁一愣，随即大笑起来，说：

"这哪是什么地震呀，这是秦山核电厂破土动工放的第一炮呢！"

不错，这正是秦山核电厂破土动工放的第一炮。它自此宣告：

1983 年 6 月 1 日，我国自主设计建造的第一座核电站，终于破土动工了。

早在 1983 年 3 月，爆破高级工程师许振江和他的战友们为了制订爆破、开挖方案，他们研究了国外先进的劈山爆破的施工方案。

随后，许振江又带了几个同志，到我国河北的唐山一带调研。回到秦山后，许振江和他的战友们制订出了一套适合秦山岩基地质和核电厂地基施工需求的爆破开挖方案。

第一次洞爆时，他们挖了 200 米深的炸药填埋洞，然后，在这些洞中又挖了很多分洞。等所有的洞全部装好炸药后，一引爆，好家伙！秦山当时就被轰塌了一个大角，炸开的土石方就有几万立方米。

也就是这次，上海地震监测中心以为海盐发生 3 级地震，赶紧打电话给浙江报警！但是，当开挖到接近主厂房的地基时，许振江和他的战友们怕岩基受损，不敢再采用洞爆了，而是采用潜爆的方案开挖。

许振江他们所说的潜爆，就是在岩基上钻上一个口径为 1.5 米、深 15 米的埋药洞，一洞洞地炸。

这样一路炸下来，清除土石方后，就得到平平的一大块岩石基地，准确率八九不离十，所以，大家都干得劲头十足。

后来，许振江他们在挖到快接近核反应堆的基址，即核岛基础的时候，他们分层钻洞的尺寸就分得更细了。

最开始的时候，还钻深 15 米，接着就是 10 米、5 米、3 米。最后留下一米保护层，打浅孔，放小炮，小心翼翼朝下打，就是为了保护好核岛的基础。

可是，这样一来，钻埋药洞的工作量就大大增加了，这可苦了风钻工人。他们成天抱着钻机，脸上身上都被喷溅了一层黑乎乎的机油，再扬上一层白岩灰，一天干下来，浑身就裹了一层黑白混杂的油泥，一个个像是刚从地里被扒出来似的。

当时，核电厂工地开工不久，许多生活设施都没有跟上，也没有浴室什么的。所以，工人们只好自己搭一只烧水锅炉，用篾席一围，洗澡的问题算是解决了。

当时，工地也没有食堂，伙房就是临时搭起的一个大窝棚。吃饭，就露天吃，大伙儿盛好饭，碗里夹些菜，就东一堆西一堆蹲着吃。

不少家住海盐的工人，也顾不上回家，吃住都在工地。于是，各自的家属从家里赶到工地，有的帮丈夫洗衣服，有的为丈夫做点好吃的。而核电厂的领导呢，也全部下工地，给工人们送开水送饭菜。所以，当时的场面真是热火朝天。

根据预先的规划，爆破出来的土石方，都被搬运到海边的滩涂用来围造海堤。

在 3 月制订爆破计划时，许振江和他的战友们预计10 个月的时间完成土石方的开挖，日本的同行听说后，说什么也不相信，对他们说："这绝对不可能！"

最后，连许振江他们自己都没有料到的是：他们居然只花了 6 个月就完成了大部分的开挖工程。

日本同行又来一看，伸出大拇指说："你们中国，这个的！"

1983 年 12 月底，秦山核电站工地风雪弥漫。钱塘江辽阔的江面，白蒙蒙的混沌一团，水天莫辨。刀子般的西北风呜呜地吼叫着掠过海面，一头撞上秦山后，兜转屁股疯狂扑向施工工地。

一天，核岛北坡的坚硬岩石，被爆破震伤，在大雨雪中连续塌方了好几次。碎石泥土哗哗地扑入雨雪化成的泥浆里。

二十二公司第二分公司的沈维贞，带领着他的工人，双腿陷在泥里，他们用铁镐挖，用杠棒抬，用畚箕挑，风雪泥水，把他们一个个都变成了泥人。寒风一刮，脚底下的冰凌咔咔作响。但是，工人们身上的衣衫却被汗水湿透了，隐隐地冒着热气。

在这种情况下，沈维贞他们也不敢歇下来，一歇下，寒风钻入身体里，湿透的衣衫里就像是冰窟窿一般。

有的工人的手和脚在寒风里裂开一道道血口子，他们就对手上的血口子哈哈气，吮一下，全不当一回事，又接着干，场面真的很感人。

这些中国核工业的一代开拓者，先从西北转入四川，在大渡河边，在长江与乌江汇流处巨大的山洞里，又连续建设了两个军用核反应堆。但是，后一个还没建设完，他们就出川了。他们有的经大庆工地来到秦山，有的直接从四川来到秦山。

建设核岛和围海大堤

经过近 10 个月的爆破、开挖、浇灌护坡，在移去半座秦山后，核电厂终于得到了一块合适的岩基。

1984 年 3 月 2 日，核工业部蒋心雄部长、赵宏副部长到秦山施工现场，进行核电站建设的总动员。

1984 年 6 月 1 日，秦山核电厂的核岛建设，正式拉开序幕。当天，核岛工程的负挖开始动工。

所谓负挖，就是在水平 0 米的核岛岩基上，向下开挖出近 20 米深的核岛坑基，用以初步保护核反应堆的安全。

负挖完毕后，核岛的 04、05 号厂房，就将建造在这块坚固的岩基上。在岩基上浇灌混凝土后，就形成了核岛基础底板。

虽然，秦山核电站设计的使用寿命为 30 年左右，期限一到，就需要对核反应堆实行整体拆除和深埋。但是，运行中的核反应堆，哪怕只是一分一秒，都必须屹立在坚如磐石的基础底板上。

因此，核反应堆对它的混凝土基础底板有极严格的质量标准。施工时，施工人员要先把岩基清砟，用水冲洗，再用高压空气把水沫和尘末吹净。

那么，检验标志是什么呢？就是要人的手摸在岩基

上面，不粘一粒沙土，才能开始浇灌混凝土。

1985 年 3 月 8 日，核岛底板开始了钢筋绑扎。要知道，核岛反应堆的基础坑深 20 米，这相当于 7 层楼的高度，整个核岛的基础底板也将近有一个半足球场那么大，厚 3 米多，都需要用钢筋做骨架，密密匝匝地铺扎好以后，再浇筑混凝土。

当时，由于吊运钢筋的塔吊无法靠近坑边，所以，基础底板所需的 2000 吨钢筋，就靠人力一根根背下坑去。

二十二公司第二分公司一工区的钢筋工姜远和、钟福安都是四川人，是 1970 年从部队复员转军工招入核工部的。他们两个就是钢筋班的骨干力量。

当时，浇筑混凝土基座的工期抓得特别紧，所以，钢筋工们扎一层钢筋架子，浇筑工就灌一层混凝土。整个过程是你追我赶的。

钱塘江湾因为临海，冬天非常冷，3 月份还下好大的雪呢，天寒地冻的，这就苦了姜远和、钟福安和他们的工友。

要知道，扎钢筋是一个灵巧活，所以，大家的右手不能戴手套。因此，姜远和他们的手一摸到钢筋，雪水就把他们手上的皮肉都粘上去，扯都扯不开。

每天早晨 7 时 30 分，姜远和、钟福安和他们的工友就出工了，23 时 30 分才收工，每天的劳动时间整 16 个小时。这些工人的两顿饭全在工地上吃，吃饭时间每次也只有半个小时。

每次吃饭的时候，大家端起碗直朝口里扒，真是可以用狼吞虎咽来形容。他们有这样的吃法，肚子饿倒是次要的，主要是要突击抢工啊。

就这样，大家狼吞虎咽吃完后，也没工夫刷碗，掷下碗就干，下顿吃的时候，用水冲一下碗，接着再吃。

还有，因为密密匝匝的钢筋中间施工空间很窄，很多时候，大家要蹲着扎钢丝，一天蹲下来，大家的腿脚一个个都肿了，用手朝脚脖子上一按一个坑，半天弹不回来。

刚开始，几个女工一看自己的腿脚肿成这样，就哭了，但还得一边哭一边照样干，因为有任务呀，任务都是按人头分配的。

有一天，夜里收工后，女工唐玉琼一扯自己左手的手套，"哇"地就哭喊起来，这时她才发现，手上冻疮都烂了，粘在劳动布手套上扯不下来。因为白天上班时手几乎冻木了，所以当时没有发现。

另外，大家把钢筋一根根朝核岛的钢筋架抬的时候，也并不轻松。因为每个班总有几个女工，不用说女工的气力都小，又都细皮嫩肉的。她们的肩膀上要压那么沉的钢筋，男工们都不忍心，于是，就把钢筋朝自己一边多拉一些，就这样搭伴着抬。

有时候，因为和自己搭伴的女工太瘦弱，男工就差不多一个人要扛起整根钢筋分量。当时，核岛基础用的

钢筋都像甘蔗那么粗，20多米长，走的又不是平路，很多时候还要攀住钢筋架爬，跳板上又是颤颤悠悠的，所以，当时的钢筋工们真的不容易。

为了抢速度，有时候大家不等手架扎完，这边一面扎脚手架，那边一面攀住钢筋架朝上爬，大家肩上还抬着钢筋。

但是，即使这样，谁也不敢疏忽大意，因为万一失手掉下去，脚底下5米多高的地方，到处都是密匝匝的钢筋头，人不被扎个穿胸透才怪呢。

这些都是二十二公司钢筋工们的感人故事。其实二十三公司浇筑工人们的工作也不轻松。

前面已经说过，核岛地基的混凝土基础底板足有一个半足球场那么大，当然是极其容易产生裂缝的。这是因为，水泥兑上水以后，会产生化学反应放出热量。混凝土基础底板一发热，自然就会膨胀。

又因为，基础底板各个地方的膨胀程度并不一样，再加上大面积的混凝土基础底板自然地热胀冷缩，所以裂隙就悄无声息地产生了。

而且，核岛底板混凝土浇灌必须不间断地进行，只要搅拌楼一出故障、混凝土浇灌中断两小时，就会产生土建质量事故。这就是大面积核岛底板混凝土施工中，遇到的最大的难题。

因此，技术人员查阅了大量的相关资料，提出用掺加粉煤灰的方法和将整块底板分成两段、九层、十二块进行混凝土浇筑的办法，能够有效地降低混凝土的水化热升温和混凝土硬化过程中的最大水平拉力。

首先，整块底板分成两段、九层、十二块进行混凝土浇筑的办法，能有效解决大面积的混凝土基础底板自然的热胀冷缩和混凝土浇灌必须绝对不间断地进行的问题。

其次，向水泥浆里拌入粉煤灰，能够最大限度地中和掉水泥浆产生的热量。所谓的中和，就是一部分化学反应产生的热量被另一部分化学反应吸收掉了。

而粉煤灰这种添加料实际上就是由火电厂废弃的炉灰，经过磨细加工而成的。这东西，火电厂正愁没办法处理呢。如果把它们堆在田里，就占了土地。如果把它们抛弃到江河里，就会淤塞河道。

因此，秦山核电厂的浇筑工人们用它来做浇筑的添加料，真是废物利用，一举多得。

可是，接着新问题就来了。要知道，粉煤灰这种东西质量轻得很，不沾水时，就老是往天上飞。沾了水以后，又哪肯与水泥浆好好地拌和在一起呢？

可是，眼前的工程可来不得丝毫的马虎。这该怎么办呢？

由于工期紧，技术人员以最快的速度安装好了搅拌楼；同样考虑到工期紧，公司领导准备请设计搅拌楼的单位派人来调试。

负责水泥搅拌机的电气技术工作的王运来知道后，

心里很不是滋味。

当时他就想：请设计搅拌楼的单位派人来调试，当然省心省事，咱们自己不担风险嘛。但是，今后施工中万一出了故障，即使再请人家来修理恐怕也来不及了，工期与质量还怎么保证呢？

于是，王运来主动请缨，决定自己带人把如何使粉煤灰与水泥拌匀的难题解决掉。

他便把自己关在工地的屋子里，老婆、孩子、家里的事一概不管。连饭也不回家吃，饿了就啃几块饼干，渴了就喝点开水。

首先，王运来想解决的问题是：粉煤灰是在密闭的搅拌机里与水泥搅拌的。可是要想使粉煤灰与水泥拌匀，是采取用水送料，还是用风送料呢？

在如何准确地控制填料比例的问题上，他想到洛阳有个仪表厂制造的有一种叠加称的原理很科学。

这个原理就像粮店零售大米，称 15 公斤早稻米后，口袋一扎，再加 5 公斤晚稻米混匀了，秤上一称就是 20 公斤。

这个思路用在搅拌机准确地控制填料比例上，无非是增加几只继电器嘛。也就是说，改变原有的电路，把叠加应用到电路上去。

王运来在屋子里关了 7 天，终于从这里受到启发。于是，他画了几十张预想的设计草图。

随后，王运来带人到搅拌楼，用原有的那套搅拌机做起了试验。

他们用一台秤称水泥、粉煤灰，待水泥的分量加足后，水泥投料门就关上，粉煤灰的门就自动打开，这时候，总重量的指针正好自动指到所需斤量上。

原有的搅拌机像座小山，里面的电气设备的线路像蛛网一样密匝。就这样，王运来只不过在蛛网一样密匝的线路里多添了几只继电器，就解决了粉煤灰与水泥拌匀的问题。

1985 年 3 月 20 日，秦山核电站核岛主厂房底板浇灌第一罐混凝土。按国际惯例，这标志着核电站正式进入建设阶段。

浇筑工人们立在 6 米高的钢筋上，水泥灌下去，用振动机仔细地把水泥浆振匀，细心的程度简直比给孩子喂稀饭还细心。所以，大家的工作服，穿不过一两个月，无一例外地都被粗糙的钢筋磨得破成了布片。

12 月底，秦山核电站传出喜讯：主厂房安全壳穹顶筒体混凝土浇灌已超过 8 米，长 1800 米的围海大堤主体工程也已基本完成。

我国的钱塘江和法国的塞纳河素有"世界两大观潮区"之称，浪大潮急。

法国塞纳河口用每块重 3.5 吨的消浪块镇住了大西洋的潮水，那么，秦山海堤用的是什么样的施工技术挡住我国东海大潮肆虐的呢？

承建围海大堤的钱塘江管理局有关技术人员介绍说：

秦山核电站的防波海堤既是工程项目，也是科研项目。我们主要采用的技术有：

第一层：3米高的堤坝是参考巴西的每根1.6吨重的扭"工"字形消浪块，分4排密密匝匝地扭抱着，将汹涌而至的浪潮碾成碎沫抛回大海。

第二层：堤坝是参考法国塞纳河口的四脚空心块形消浪块，也是4行排列成5米的斜坡，阳光下，犹如一幅几何图案，明暗相叠，煞是好看。

这位技术人员还介绍说：

海堤通常为防浪而设，而规划占地800多亩的秦山拦海大坝，则巧妙地将造地和防浪相结合。

两层堤坝上分别铺出海拔高3米和8米的两条水泥路面。两条水泥路面都能承载20吨的工具车通过。

从靠海第一块到防浪堤另一端最宽处达110米，将来可在阶梯形的两条水泥路中间铺草栽树、架路。

所以，毫不夸张地说，秦山海堤绝不亚于

任何大城市的通衢大道。

1986 年 1 月 6 日，时任中共中央政治局委员、国务院副总理的李鹏视察秦山核电厂建设工地。

当天上午，李鹏听取了厂长于洪福、总工程师欧阳予的汇报，并就工程的总投资、设备制造、发电成本、职工队伍的培训以及发展前途等问题，一一进行了详细询问。

在谈到工程进展时，李鹏强调：

> 要坚持质量第一，安全第一，不要赶进度，在进度和质量矛盾时，要以质量为主。

在谈到核电厂设备落实情况时，李鹏说：

> 设备制造一定要讲究质量，注意精打细算，降低成本。

当他得知在承包围海大堤工程中，浙江钱塘江工程局节约了 400 万元投资时，他高兴地说：

> 要表扬浙江省和海盐县人民为核电厂作出的贡献。

　　他希望有关协作单位要齐心协力，把核电厂建设好。陪同李鹏前来视察的上海市市长江泽民和浙江省省长薛驹都表示要全力以赴支持核电厂的建设。

　　当天下午，李鹏又到核电厂工地参观，并和工人们亲切交谈。最后，他指出：

　　　　要在实践中摸索出自己的一套经验，走自己的路，同时吸取国外的先进技术，把我国第一座核电站建设好。

反应堆接受安全检查

1986年4月，作为工程进度象征的核岛建设已经完成将近50%，三台塔吊围绕着它紧张而有序地忙碌着。然而，就在这时候，一股"西伯利亚的寒潮"冲击了秦山核电站这块我国核电事业发源之地。

4月26日凌晨，苏联切尔诺贝利核电站四号反应堆发生猛烈爆炸，并导致放射性物质外泄。

4月27日，即切尔诺贝利核爆炸发生的第二天，秦山核电站党委办即接到外部人员的质疑：

苏联切尔诺贝利核电站爆炸了，秦山核电站以后是否安全？是不是也会发生爆炸？

作为对切尔诺贝利核爆炸事故的反应，党中央、国务院、中央军委派遣张爱萍，会同科工委政委伍绍祖、副主任朱光亚、核工部部长蒋心雄、副部长赵宏、国家核安全局局长姜圣阶等有关专家，于1986年5月9日至12日，视察了秦山核电厂工地、上海"七二八"核工程研究设计院和上海主要核设备制造厂。

这天，视察秦山核电厂工地检查组的专机直飞嘉兴机场。随后，张爱萍一行驱车直奔秦山核电站工地现场视察。

他们到达秦山核电站工地后，工地的工程师们当即向张爱萍汇报施工技术上的种种情况，同时也汇报了核反应堆压力壳正在日本制造的情况。

当时，工程师们对张爱萍说：

苏联切尔诺贝利核电站是早期石墨水冷式反应堆，体积庞大，直径超过 10 米，高达 25 米，足有 8 层楼高。

这样庞大的反应堆要罩上一层密封的安全壳穹顶是困难的。

所以，苏联石墨反应堆没有安全壳穹顶。而事故的悲剧，恰恰发生在这里。秦山核电站设计的压水堆，完全不同于切尔诺贝利核电站的早期石墨反应堆。

我们的压水堆设置了三道屏障，第一道屏障是燃料锆合金包壳，第二道屏障是壁厚 200 毫米的压力壳，第三道屏障是内衬 6 毫米厚钢板、壁厚 0.6 米的钢筋混凝土安全壳穹顶。

所以，核辐射要突破这三道屏障可能性微乎其微。退一万步讲，如果反应堆出了故障，也有足够的一系列措施，排除核辐射。

在工程师汇报核反应堆压力壳正在日本制造的情况

时，张爱萍问：我们用什么手段验收？日本的测检手段是什么？我们投入使用后，他们还负责不负责呢？等等。

最后，张爱萍一再强调：

> 安全第一，安全第一，安全第一，安全第一。

6月20日，远在北京的核工部部长蒋心雄，向参加六届全国人大常委会第十六次会议的人大常委们作了我国核电建设情况的汇报，实质上是向人大代表所提的问题进行解释。会上，蒋心雄解释说：

> 苏联的这次核电事故是世界核电史上最严重的一次事故。
>
> 它所造成的核污染和给苏联经济上带来的损失，要比1979年美国三里岛核电站事故所造成的损失严重得多。
>
> 但是，它对各国核电建设带来的消极影响，据估计，却要比三里岛事故小得多。
>
> 因为，各国对核电站的认识已有了很大的提高，安全措施也正在不断地完善中。

随后，蒋心雄又对我国建造核电站的安全措施和政治、经济上的意义，作了全面的解释。经解释，与会的

绝大多数委员，对我国继续进行核电站的建设，都表示了赞同和支持。

同年8月，浙江省副省长会同人大常委会主任、副主任，率领人大代表40多人、以及国内著名的焊接专家、结构专家组成考察团，花了整整两天时间，对秦山核电厂的设备一一进行仔细检查。

此后不久，一位核电界的欧洲客人考察秦山核电站的施工工地。在参观后返回上海的途中，欧洲客人眺望杭州湾茫茫海面，对陪同他的我国外事项目官员，说出了他的忧虑。他说："秦山核电厂可不能出事故，万一出事故的话，中国的压水堆的声誉就毁了。这一毁不打紧，世界的压水堆的声誉也会连同它一起毁掉的。"

这位欧洲客人还对我国外事项目官员说："我不知道秦山核电厂以及它的上级领导，是否欢迎和愿意接受来自外界的批评和建议。

"我希望你回部后酌情向有关部长进行口头反映，但不要写书面报告。回国后，我将致函中国核工业部。"

最后，他说到以下几点建议：

一是电厂建造领导班底中的主要领导人应该给予足够的权威，并应得到上级政府部门的直接支持。

二是现在电厂的建设日程安排秦山核电厂将于1989年建成投产发电，这不切合实际。

三是施工现场混乱。安全壳穹顶混凝土浇筑工程及道路施工等项目，按照 N 国的标准，是不行的。

四是你们应急速配备技术素质高的专家参加工程项目管理和技术培训等生产准备工作。

听到这些来自外国专家的中肯意见后，我外事项目官员当即表示，将这 4 点建议上报给我国核工部。

随后，我外事项目部将这 4 点建议打印成一份简报，如实地上报给我国核工部。

这份简报立即引起李鹏的高度重视。11 月 18 日，李鹏在简报上批示：

对 N 国某核电公司总经理的反映，必须引起我们足够的重视，否则，我们将负历史的责任。

12 月 31 日，张爱萍也就上述简报作出批示：

蒋心雄同志并核工部领导同志：N 国核电公司总经理提出的这几个问题，同我们今年 5 月，一起到秦山检查所发现的问题大体相似，望下大力气整改。

1月8日，中国核工业部部长蒋心雄带领核工部检查组到了秦山。同一日，国家核安全局副总工程师林诚格率核安全局一检查组也赶到秦山工地。

1月20日，国家计委副主任林宗棠率领17名专家组成的国务院调查组，受李鹏的委托，在秦山工地、上海核工程研究设计院、华东电力设计院、上海锅炉厂、上海汽轮机厂、上海第一机床厂等生产核设备厂家，全面展开了调查与审验。

调查组的17位专家都是国内第一流的行家。他们特别对核反应堆安全壳穹顶混凝土质量、核反应堆安全壳穹顶小牛腿质量，作了重点检查。

这是一次极其严格的全面质量检查，中国核电事业迈出的第一步是否立得住？通过这次检查，将有一个全面的、权威的结论。

2月21日，国务院以国发〔1987〕5号文件的形式，正式批转国务院调查组的调查报告。调查结论是：

> 秦山核电厂的工程建设取得了较大进展，工作是有成绩的。但在工程质量和管理上，决不可盲目乐观，麻痹大意。一定要贯彻"质量第一，安全第一"的方针，切实采取有效措施。

不久，中华人民共和国主席李先念在一份材料上了解到秦山核电厂的情况，作了重要批示。

李鹏同日立即转批道：

> 宗棠同志：请按上次会议布置，迅速组织力量，对混凝土和焊接质量提出改进方案。为了不影响施工，方案应及早报出。转上李主席重要批示，请贯彻执行。

2月底的一天，在国务院李鹏办公室里，李鹏接待了核工部副部长赵宏。

李鹏神色忧虑，因为他刚听完林宗棠带领的国务院调查小组的汇报。这次接待，李鹏对赵宏谈了他最担心的事情：即如何抓秦山核电厂的质量安全问题。随后，他对赵宏说："中央决定：将秦山核电厂和秦山核电工程指挥部合并，成立核工部秦山核电公司，就叫公司吧。你去当总经理，全面负责秦山工程。"

听到这里，赵宏有点意外。李鹏又对赵宏说："核工部这个摊子只有你拨得转，你对工地有经验！秦山出个什么事，我找你赵宏是问！"

谈话最后，李鹏主张：

> 请国内专家再对核岛混凝土作一次全面鉴定；再请国外专家来作一次检查、评定。

接受李鹏的委托后，核工部副部长赵宏从北京赶到

秦山工地。工地，对赵宏来说，并不陌生。以前他在工地干过 30 年。

抵达秦山工地后，赵宏开始实施对反应堆安全壳穹顶的混凝土鉴定的方案，为此，他坚决主张：

> 对反应堆安全壳穹顶的混凝土鉴定，一定要请两路。理由是：若只请一路，则一家之言，这就不够客观。请了两路，两家结论是否一致？如果一致，才过得硬！

于是，两路专家来了。一家是中国建筑科学院混凝土制品研究所所长龚洛书；另一家是清华大学教授过镇海。

龚洛书采用超声波检查法，在反应堆安全壳穹顶里里外外，上上下下，用仪器查呀查呀，一层一层从下往上检查。而且，检查时还需在半夜，因为，要避免工地上白天嘈杂的声音。

过镇海则采取拉扒法，从核反应堆安全壳穹顶混凝土硬度上检验，从统计误差角度分析核岛的质量。

恰巧在这时候，联邦德国卡巴翁公司副总裁弗莱厄，应李鹏的邀请，也到了秦山。

弗莱厄搞过 10 多座核电站了，他仔细地看了核反应堆安全壳穹顶，用手指掐掐混凝土墙，说：

你们的核电站，与西德第一个核电站的质量情况差不多，质量没问题。

　　你们不是"中学生"，我看你们"大学"都已经毕业，你们现在是"研究生"了！你们完全可以以自己为主，我们只需要做个参谋就行了。

　　他这样一讲，大家都乐了。与此同时，赵宏他们对核反应堆安全壳穹顶的钢衬里焊缝也作了严格检验。对此，国务院调查小组的结论是：

　　由于位置高，海风大，焊水冷却快，安全壳穹顶钢衬里焊缝有的地方不平整。经过焊缝统一打磨，X光透视，证实质量是好的。

　　陪同弗莱厄博士到秦山来的国务院重大设备办公室主任秦中一，立即把弗莱厄博士的意见，写报告给李鹏。

　　1987年10月7日，李鹏主持国务院核电领导小组会议。赵宏详细汇报了8个月以来秦山工地的情况。

　　他从秦山核反应堆安全壳穹顶施工开始讲起，谈到了龚洛书、过镇海测试法。两个专家鉴定结果数据基本一致，只存在很小误差，混凝土质量达到合格标准。

　　他谈到联邦德国原子能专家弗莱厄博士对秦山工程质量方面的肯定，谈到了安全壳穹顶钢衬里的焊缝问题，谈到了工地的管理、进度、工程的预算调整等情况。

随后，国家核安全局局长姜圣阶代表核安全局发言，他说：

> 秦山核电厂的质量，从国家核安全局的方面来说，是可以接受的。

现在，有两位国内混凝土权威的鉴定结论；有国际核专家对工程质量的公正意见；有国内著名核专家权威性的结论；有赵宏对秦山工程全面的、详细的报告，因此，李鹏放心了！最后，他下了结论说：

> 迄今为止，秦山核电厂工程质量是合格的，是可以让人放心的。

秦山的厄运解脱了，中国核电事业的第一步站稳了。随后，赵宏立即用长途电话把北京的消息通知了秦山工地。

这个喜讯迅速传遍工地的每个角落，许多"老核工"激动得流下了热泪，整个工地一片欢腾。

核动力堆系统研究成功

中国核工业的第二个历程，即从原子弹到核电站这一过程，是一个从军事转到核能和平利用的过程。

也就是说，我国核电站核动力堆系统的研究，是从零起步，从一张白纸开始的。

1981 年初，"七二八"工程重新上马后，欧阳予被任命为"七二八"工程的总设计师。

同年 9 月，欧阳予和二机部的蔡明恩等 108 名工程技术人员，完成了《"七二八"核电站开展工程建设的可行性报告》，以下简称《报告》，指出：

防护屏蔽以及三废处理系统可以完全达到国家《放射防护规定》的标准。

《报告》还写道：

核电站的实际放射性影响是微不足道的，它比常看电视的影响还小，远远小于每天吸 20 支烟所受的辐照。即核工业辐照致癌的危险性不到十万分之一！

《报告》同时指出：

> "七二八"核电站需技术攻关和研制的主要设备共 15 项：燃料组件、堆内构件、压力壳、控制棒、驱动机构、蒸汽发生器、稳压器、主泵、主管道反应堆大厅吊车、汽轮机、发电机。

欧阳予，1948 年毕业于武汉大学工学院电机系，1957 年获苏联莫斯科动力学院技术科学博士学位。

历任二机部设计院核反应堆工程设计总工程师、二机部设计院副总工程师，上海核工程研究设计院核电工程总工程师、副院长，中国核工程公司总工程师。

"七二八"核电站是一项技术难度密集的重大工程项目。它涉及反应堆物理、热工、流体力学、结构力学、机械、材料、焊接、电子、检测、自动控制、环境保护等多种学科。

为此，欧阳予全面研究和审定了所需要开展的 380 个项目科研中的试验。

在此期间，欧阳予知难而进，勇挑重担，带领科技人员，全面系统地摸清、攻克工程设计上的技术难关，排除了 2000 多个设计技术问题。

其中，他组织解决了吸收中子的控制棒所用的合金材料、核燃料装卸机构、可伸缩的密封组件、堆芯石墨砌体、铀燃料元件等关键技术课题 360 余项，包括重大技术关键 30 余个。

而负责"七二八"工程核反应堆物理设计的，是高级工程师李丕丑与他的夫人李慧珠，他们同是上海核工程研究设计院的。

李慧珠是该院一室主任工程师。他们分别负责核反应堆两大程序的设计，也是核电站可行性报告撰写人之其中两位。

早在 1970 年"七二八"工程上马之初，李丕丑夫妇和两个儿子住在一间 12 平方米的房子里。

每天夜里，李慧珠怕灯光影响爱人和两个孩子，她就把设计工作搬到厕所间去做。在昏黄的灯光下，她画呀，写呀，算呀，常常忙到深夜，几乎夜夜如此。

李丕丑也带一个组，负责核岛电气自动控制方面的设计。当时，他们通过一些渠道花钱从国外购到一些技术资料。

但是，很多设备的资料是没有的，除非花大价钱买人家的技术软件。

当时，李丕丑他们花不起这样大的本钱，所以，只得自己去摸索设计。他们查阅了很多资料，做了很多试验，最后又把铺盖搬到工厂制造现场。

李丕丑他们已经没有白天黑夜的概念了，心里只有一个念头，尽早建成我国的核电厂。

就在他们研究的核反应堆物理设计技术已完全成熟的时候，李慧珠得了癌症，不幸英年早逝。

每当想到这里，李丕丑都会痛哭不已。他一直责备自己，认为是他没有照顾好李慧珠，因为，她是劳累过度而死的。

负责核反应堆本体设计、运输设计的，是上海核工程研究设计院二室主任杜圣华。

之前，这两个项目本来是由总工程师童鼎昌负责的，后来，童鼎昌调到上海核工程研究设计院总院任副总工程师，这摊子就交给了杜圣华。

在当时的研制过程中，杜圣华他们遇到难度最大的课题是：核反应堆的驱动机构，即装填核燃料的高速热交换合金管，简称高速合金管。

这两个项目，是我国的技术空白，是国外核工业保密度最高的技术。当时，杜圣华他们首先攻关的正是冶炼试制装填核燃料的高速合金管。

要知道，核岛的核反应堆堆芯，共有 121 个燃料组件，每个组件放 204 根高速合金燃料棒，整个反应堆就需要 24684 根高速合金管。

装入核燃料时，每一根合金管装 290 块核燃料芯块，每块芯块比一粒药品胶囊管大不了多少。一个组件 59160 块芯块，整个反应堆有 715 万块核燃料芯块。

据有关专家介绍：原子的结构很像太阳系。它的中心是原子核，周围环绕着一些带负电荷的电子。

原子的质量几乎全部集中在原子核上。原子核由一些带正电荷的质子和不带电的中子所组成。

当一个中子轰击铀－235原子核时，该铀－235原子核将分裂成两个质量较小的原子核，同时产生2至3个中子和射线，并释放出约200兆电子伏特的能量。

而1公斤铀－235全部裂变释放的热量等于2700吨标准煤完全燃烧释放的热量。这就是世界各国争相发展核电的原因。

也就是说，核裂变所释放的热量都在装填着核燃料的高速合金管之间流动。

这相当于说，每一根细合金管，都必须承受200多公斤的压力。这就是核电厂最初的力、最初的能量，这就是核电厂的心脏。

高速合金管的冶炼试制完成后，紧接着，杜圣华他们就投入到材料的腐蚀试验，以检验合金管的各项性能。

他们首先将管料放入北京研究性反应堆，经受辐射考验。

随后，杜圣华他们要带着管料一会儿奔波在巴山蜀水之间，一会儿又埋头钻入上海有色金属研究所的车间、试验室。

即使是星期天休息，他们的脑子里装着的，仍然是一根根亮晶晶、密森森的合金钢管。

就这样，从1976年开始做前期试验和外围工作，到1986年试验结束，他们花了整整10年，终于完成了22项设计、62个子项目、并研制出了合格的高速热交换合金管。

核电厂核反应堆的驱动机构，是由一名叫高际运的女性研究员负责研制完成的。

高际运原来是北京航空学院毕业留校的年轻教师，上海核工程研究设计院开始"七二八"工程会战后，就把她和她爱人陈坚墅，从北京调到上海"七二八"工程设计院工作。

早在 1970 年 7 月的一天，在上海科技图书馆里，一位身材纤小、30 来岁的女读者，正从一个个书架里，抽出一册又一册厚厚的书籍，她就是高际运。

她仔细地翻检着每一页纸，生怕有所遗漏。但最终，她总是失望地叹口气，怏怏地把书插入书架。

尽管这样，高际运也没有放弃，突然，她眼睛一亮，惊喜地"啊呀"一声。她终于发现了一张美国杨基电站的简图，简图上的一架瘦高的机械，正是她上下而求索了好几个月的资料图片。

这幅机械简图，没有尺寸，没有精度，没有公差，当然也没有文字说明，仅仅只是机械的一个外形图而已。

原来，这幅机械简图就是核电厂核反应堆的驱动机构图。驱动机构是核反应堆在运行时，驱动中子棒以控制核反应强弱度的极重要部件。国外核电站的该构件的技术都属于绝密范围，不向他国转让任何资料，也不出售任何样品。

尽管这样，高际运还是如获至宝，当时，她激动得手都发抖了。因为，无论如何，她总算有了一个最直观

的印象。

这张图，就是高际运研究我国核电厂核反应堆的驱动机构图的最初起步。

她赶紧把这份宝贵的资料借回家，拷贝、计算，就这样没日没夜地忙开了。不久，第一份核反应堆的驱动机构图就设计完成了。

随后，高际运、李云丽、胡振堂他们就来到上海先锋电机厂开始了试制工作。先锋电机厂的干部、工人，也积极配合他们的试验。

大家一起拆啊、装啊，就这样，在一间专门供做试验的车间里，核反应堆驱动机构的整机从一个很简单、很局部的电磁力试验开始了。

另外，驱动机构的驱动棒长 5.7 米，中间还是空心的，加工是个大困难，高际运跑遍了上海的工厂，他们都加工不了，这该怎么办呢？

于是，高际运跑到北京，找到国务院核电领导小组。核电领导小组替她与六机部联系，六机部又替她联系了一家远在北京西郊的炮厂。

六机部介绍说："人家炮厂做炮筒子是自己的长项，炮筒也是中空的嘛，也那么长、那么细，所以正好有配套设备。"

当下，高际运找到这家炮厂的有关领导，将驱动棒的情况作了说明，炮厂领导说："行，可以加工。"不久，驱动棒就试制完成了。

　　紧接着，高际运带着试制成功的驱动棒回到上海。她们在上海先锋电机厂试验车间建起了一个试验台。

　　别以为搞科研的高际运她们只会穿白大褂，操作仪器。她们什么都得干，会的就带头干，不会也得学着干。

　　因此，在许多时候，她们每个人就是一名最普通的工人。什么搬运工、车工、钳工，划线、焊割、凿、钻、锯、榔头、锉刀、锯弓，十八般武艺，样样都得精通。

　　与工厂不同的是，工厂是为了生产产品，而他们是在搞试验。

　　就这样，高际运她们先做机械工，把试验装置加工好，安装好。然后又做管道工，把高温风道安装起来。驱动机构就在高温高压的状况下做试验。

　　要知道，驱动棒在电磁铁的驱动下，要上上下下走完100万步后不报废，才算合格。可是，第一次试验时，驱动棒走完了99万步，就"累"瘫痪停了。

　　高际运她们急了，心里骂道：天哪，只剩下一万步没走完啦，"你"为什么不坚持坚持呢？"你"为什么这么不争气呢？

　　好吧，不走就不走，驱动棒还卡死在那里，一动都不动了。怎么办？拆下来看看吧！拆完了又装上，死马当作活马医，再试一试吧！

　　一试，又动了。这一动，可又超过了100万步。可是，等她们欢天喜地再拆开一检查，天哪！固定驱动棒销子都断啦！没办法，只能修好后，重新做试验。

再做试验的时候，因为机台震动得很厉害，不锈钢与不锈钢之间容易咬死。再加上有着强大吸引力的三对电磁铁又互相干扰，因此，驱动棒老爱卡壳。

当时，高际运就怀疑起自己的设计有问题。她又找出美国杨基核电站的那张简图，对着试验台仔细琢磨：简图上黑乎乎的一圈是什么呀？

高际运就叫李云丽他们过来帮忙辨认，大家你一言我一语，最后发现：那不是一只缓冲片吗？高际运大喜过望：原来，在自己的设计中，没放缓冲片。随后，大家立即作了补救，赶制出了缓冲片，安装在驱动机件上。

试验，就这样一步步地往下进行着。紧接着，新的问题又出现了：先锋电机厂的热态试验台温度不够，而且试验台阶的水是不流动的，这样模拟不出真正核反应堆中高温高压时，驱动棒的实际运行情况。

于是，高际运她们便带着试验棒去北京，放到核工部第一研究设计院高温高压全流量动水台阶做试验。

当试验温度达到近 300 度时，驱动棒又出现卡涩现象。高际运焦虑得不行，急忙打电话给远在上海的总设计师欧阳予和设计院院长汇报了情况。

院长和欧阳予立即赶到北京，与一院的科研人员一起研究分析，可大家一时间也找不出原因。因此，一院的有关领导就介绍高际运她们去远在我国西南边陲的某军用核反应堆的试验工厂，让他们的科研人员帮助解决驱动棒出现卡涩的问题。

于是，高际运她们把驱动机又运到四川试验基地。列车穿隧洞、掠悬桥，沿途山势嵯峨、气象万千。可是高际运她们的心都是沉甸甸的，哪有心思欣赏沿途风景。

高际运她们把驱动机构运到四川试验基地后，卡涩的问题还是没能解决。高际运当时就哭了。

在试验的过程中，高际运已哭过好几次了，在汇报工作的时候哭过，当着自己爱人面的时候哭过。她自己一急就哭，憋都憋不住。

这也不难理解。要知道，民用核反应堆的驱动棒系统，在我国这是真正的第一步，无可借鉴，无可交流。这么重大的研究课题，担子压在一个弱女子身上，难啊。

可是，哭归哭，压力再大也得干，要不就不是高际运的性格了。

在这之前，她也曾托出国的同志，把驱动机构的一些问题带去，看有没有机会请教请教国外的同行。

可是，一则是国外对核动力堆的驱动构件严加保密，二则是出去的同志毕竟不是搞这个项目的，许多问题没法问回来。

看到这种情况，院领导也替她着急。最后，他们终于想了个办法，把另一个项目的出国任务交给高际运。

于是，高际运带队出国了。到达目的地后，她通过某原子能公司驻联邦德国的代表，做通某核电公司一位主任的工作，通过这位主任，她找到了机会。

那就是：给她一个小时的时间，允许她参观试验台阶。在参观试验台阶时，高际运向外国同行提了几个问题。可是，就在这时，外国同行的上司来了，他们不敢回答。

高际运不甘心，也不死心。于是，她又提了些另外的参观要求。联邦德国方面回复说，这些不是你们参观团的内容，我们不能安排。

没办法，回国后，尽管高际运的心情很压抑，但她还是义无反顾地重新投入驱动构件的研制当中。

就这样，10多年过去了，高际运已经53岁了，她已是一个两鬓染霜的老人了，而由她负责研制成功的驱动构件，也如期安装上了我国第一座民用核反应堆上，即秦山核电站核反应堆上。

三、 设备安装

● 秦山核电厂绝大部分重要核设备，都是我国国内制造。设备总投资 6.5 亿元，进口只花去了一亿多，其余的差不多都是放在上海制造的。

● 北风凛冽，两位老总头戴安全帽，脚穿毛皮鞋。为了保暖，陈培田的棉袄外面，还扎了一根牛皮带，麻利干练，内行人一看，就知道他们是"老安装"。

● 核岛反应堆的网架吊装完成后，赵宏指挥他们接着就开始了反应堆安全壳穹顶的吊装。

设备陆续运抵秦山工地

秦山核电厂绝大部分重要核设备，都是我国国内制造的。设备总投资 6.5 亿元，进口只花去了一亿多，其余的差不多都是放在上海制造的。

例如：蒸发器是由上海锅炉厂制造的；堆内构件是由上海第一机床厂制造的；汽轮机是由上海汽轮机厂制造的；装卸料机是由上海起重运输机械厂制造的。

还有，核二级泵是由上海水泵厂制造的；驱动机构是由上海先锋电机厂制造的；热工仪表是由上海光华仪表厂生产的。

再有，秦山核电厂的辐射剂量监测系统，是核工部西安电子仪器厂生产的。这厂不是很大，但资格老。

20 世纪 50 年代，西安电子仪器厂就开始为核工业部生产仪表，产品也向美国、捷克斯洛伐克出口。

二回路的常规岛设备，基本上国产，北京二一六厂就是其中一个生产厂，是核工部的厂。

秦山核电厂升压站 22 万伏后面的电气设备，都是国产的。对国产设备，大家总不大放心。因此，对国产设备的审核、验收，有关方面十分严格，甚至苛刻。至于国外的仪表，审核就简单得多。

另外，反应堆控制系统一回路的仪器，全部国外进

口，但已有部分国产元件。

但是光靠进口，买不起啊！说实话，国内制造厂的积极性很高。因为，我国核电事业发展了，他们有活干，特别是上海积极性更高。

当初，中央把"七二八"工程的基地放在上海，就是看中了上海的重型机械的制造能力和便利的水上交通。

应该明白："自力更生"并非指所有部件、所有设备都需我国自己生产。那不是现代工业的"自力更生"，而是"封建庄园式经济"的"自力更生"。

一个国家，主要设备由自己生产，进口一部分国外设备，自己选择，自己掌握安装技术和施工组织，这才是最科学、最正确的"自力更生"。

当时，国家经委对进口关键设备的原则是：凡时间上不能满足工程进度需要的；质量得不到保证的；经济上不合算的，这三种情况，都采取进口设备。

因此，秦山核电厂的主泵、反应堆的压力壳、环吊、主管道，主安全阀、堆型测量系统、计算机系统，以及常规岛部分的 GIS 主给水泵、AVR、主蒸汽释放阀等，都是进口的。

但是，花费 1 亿多元，向国外进口关键设备并非轻而易举的事情。

早在 1982 年，国家经委同意"七二八"工程压力壳等关键设备进口。这些进口设备涉及 70 多家外国厂商，因此，中国与美、日、德、法、意、英等国，签订了 150

个合同。

一回路核岛的一些设备，是原子能回路常规岛的一些设备，由上海机械设备进出口公司负责。与外商的谈判班子，由进出口公司、秦山核电公司、上海"七二八"核工程研究设计院三家组成。

他们的分工是：进出口公司负责商务组织，核工程研究设计院负责提出技术条件，秦山核电公司代表用户参与技术商务上的意见和认可。

另外，我国必须根据国际原子能机构有关规范、美国 ASME 规范、国家核安全局有关规范订购有关核设备。

谈判组自 1983 年开始与外商接触，数年后，才开始形成自己的一套工作程序：

> 首先进行技术交流、资料交流和国际市场调查。得到"老外"的报价后，货比三家，调查该公司的实物设备、人员素质，才能决定是否接洽谈判。

从试探性了解，到确定进口设备，又涉及国际出口许可证的限制。因为，出口方各国有自己规定的出口许可限制，要双方合适，可不是一件简单的事情。

1982 年 11 月，我国进出口公司，上海"七二八"核工程研究设计院、秦山核电公司，赴联邦德国克莱恩·贝克琳公司进行考察活动。

贝克琳公司是西德最著名的核电站主泵厂。日耳曼民族的确自信，他们绝对相信自己的产品质量属于"世界第一"，所以价格上几乎没有讨价还价的余地。

他们对我国考察团说："主泵是核电厂的'心脏'，马虎不得。你们买我们的产品绝不会吃亏的。"

后来，经我国考察团考察该机型在其他国家核电厂的运行情况后，秦山核电站订了这家公司的主泵。

1983 年 12 月，我国考察团又对法国公司作了为期两周的考察。

法马通核电站引进的是美国西屋公司技术，通过改进、更新后，他们的产品又出口到美国，产品比较可靠。所以，秦山核电站又订了货。

紧接着，在考察意大利比瑞利公司阻燃电缆时，我国考察团要求比瑞利公司现场做了许多试验。

试验结果表明：燃烧、毒气、阻燃等指标都符合技术要求。但是，我国考察团发现他们的成品不理想，有的电缆皮上有小洞。

我国考察组成员在比瑞利公司仓库里检查了几百盘电缆，一盘一盘检查过去。当时，正是西西里岛的夏天，天热得要命，大家也顾不上什么形象了，都脱了西装干。

最后，他们要求比瑞利公司把有疵点的电缆截去，然后重新包装发货，比瑞利公司当即同意了。于是，考察团为秦山核电站签下了阻燃电缆的订单。

1983 年 10 月 28 日，上海市"七二八"工程设备协

设备安装

调小组与美国西屋公司，就秦山核电厂汽轮机技术引进及购买硬件等项目，进入最后谈判阶段。

西屋公司方面参加谈判的是宋德斯先生、墨菲先生及阿勃力克先生，并由怡和公司作为中间商参加。

中方人员主谈是上海汽轮机厂副厂长、总工程师伍能，副主谈是上海发电设备成套所副总工程师胡先约。

汽轮机，是高度精密的机器，担负着把热能转变成机械能的任务。

核电30万千瓦汽轮机组，相当于常规火电60万千瓦汽轮机组。国内尚无该大型机组生产技术经验，需要买人家的技术软件。

另外，秦山核电站的核反应堆的压力壳，是由日本三菱重工神户造船所制造的。

从1984年7月至1986年11月两年半时间里，我国方面共派出12批团组，赴日本对压力壳制造进行了各种检查。

根据设计要求：压力壳试验时，单位面积受压219公斤，需持续24小时后，无破损、无变形，才算合格。每次试压时，都有我国的验收代表人在场。所以，供需双方都不敢有丝毫疏忽。

接下来，把国外进口的核设备运回国内，也很不容易。

1987年3月，我核设备主泵验收团，在汉堡郑重其事地将装货要求书，面交给外运总公司"合隆"轮船长。

船长郑重地收起要求书，保存船长室。

验收的成员和船长、大副、二副等仔细地勘察了船舱里设备码放情况。设备共 35 箱，装箱相当结实、牢固。每箱的上、左、右、前、后都显眼地印有"QSHAN"即"秦山"的字样。

这是为我国第一座核电站专门设计的远洋运输安全标志，为了避免意外遗散，我方要求外商在所有设备箱上全部印上该标记。

随后，"合隆"轮起锚离港，向我国东海进发。不久，"合隆"轮乘风破浪，驶入南中国海。可是，船长的一颗心始终悬着。

因为，"合隆"轮遇到了印度洋季风的侵袭，风力在逐渐增强，船摇晃很厉害，巨浪把"合隆"轮托举到浪尖后，又重重摔下波谷。

于是，意外发生了。"合隆"轮的船舱里主泵箱破裂，扑上甲板的海浪冲入货舱，把我方交付托运的部分设备浸湿了。

还在"合隆"轮离开汉堡港口前，我验收团已发出电传，提前通知了上海港务局，告知"合隆"轮运载着秦山核电厂主泵，已返回我国。

在这之前，上海港务局作出特别规定：

凡秦山核电站的货，可以不入仓库，随到随卸随运，减少中间环节。货轮到港以前，要召开船前会。船到以后，即登轮勘察，制订卸货方案。

不久，"合隆"轮经受住了南中国海印度洋季风的侵袭，一声长鸣，安全地到达上海港。

紧接着，上海港务局、上海商检局、上海理货公司、秦山核电公司设备处、出国验收团悉数到场，大家立即登轮勘察。

他们发现：2 号主泵电机，底板螺栓松动，内包装发现一小洞，海水已浸及部分设备，事情糟糕了。

于是，我方立即将勘察结果电告出口国，他们当即派人飞抵上海。双方代表会合后，立即对 2 号主泵电机箱作了检查。

经确认，责任在德国 KSB 公司一方。事故原因是：

底板螺栓松脱，把内包装勒出了一个小洞，以致海水浸入。

于是，德方 KSB 公司承诺：

立即修复设备，并承担赔偿 2.5 万马克的修复费用。

1986 年 2 月，到了日本。在三菱重工神户造船所，日本制造商诙谐地指着压力壳对负责验收的年洪斌说："我们把这位'日本姑娘'嫁给你们了。可是，船到上海以后，你们怎么把它接到'新郎'的家里去呢?"

日方技术人员说：据他们所知，核设备压力壳陆上运输60公里以上，是世界上少见的，可是，从上海金山到秦山至少100公里以上。

很明显，他们对中国人的运输不放心。然而，这种担心也是可以理解的。

核反应堆压力壳是由我国上海核工程研究设计院副总工程师童鼎昌负责设计，然后委托三菱重工神户造船所加工制造的。

早在压力壳设计之初，童鼎昌为了弄清压力壳200多个接口的孔径、角度、位置，他反复勘测、计算、验证。因为没有一个接口是可以搞错的。搞错一个以后，安装就对不上口。为此，他耗费了大量心血，也增添了不少白发。

压力壳后来送去日本加工后，每一个重要加工程序，我方都有相关技术人员临场监督。作为核岛第二道安全屏障，这样的谨慎，是有道理的。

因此，这样一个"宝贝儿"，日方担忧运输途中出个"万一"，弄得责任不清，结果双方受损。这种心理，完全可以理解。

为了替压力壳的运输做好准备，日方专派5名运输专家，两次勘察了金山至秦山公路运输线后认定：

金山至乍浦的路面太狭窄，需要拓宽；其中9座桥梁需要重建和加固；部分沙石路面需要改建成沥青路面。

1986年11月，上海远洋运输公司的"黎城"轮驶往日本神户。与此同时，上海远洋运输公司一名富有航运经验的指导船长，也专程飞抵神户，指挥压力壳的吊装，并随船护运压力壳回上海港。

大年三十吊装核岛网架

1987 年 10 月，经过严格的检验，证明我国第一座自行设计建造的核电站是安全的。

当时，核反应堆还没封顶，一截巨大的、灰白色的圆筒耸立在秦山脚下。旁边的 04 厂房的运行平台、行车梁也刚刚完工，还没有来得及建围墙，只见一根根水泥柱像人的骨骼裸露着。

工地的部分道路已经铺设了水泥路面，但大部分施工现场，还是裸露着黑土或黄土地面。

马达声、起重指挥的哨音、卷扬机的"哗哗"声汇成一片。两台塔吊缓缓旋转长臂，把钢筋、水泥送进核岛巨大的圆筒肚子里。

1988 年春节前一天，即阴历腊月二十九日，赵宏他们决定吊装核反应堆网架。这是核电站工程一次关键性的吊装。这也标志着秦山核电厂大会战的序幕已经悄然拉开了。

赵宏他们之所以选择春节期间起吊核反应堆网架，是为了避开工地上人群的围观和新闻记者的采访，以免吊装时分散操作工人的注意力。

接到吊装任务通知后，负责吊装施工的二十三公司第三安装公司总工程师王中勤和陈培田来到核岛前，他

们蹲在网架前，仔细检查一个个连接点。

他俩同在一个办公室。陈培田是浙江镇海人，1961年毕业于上海华东化工学院。

北风凛冽，两位老总头戴安全帽，脚穿毛皮鞋。为了保暖，陈培田的棉袄外面，还扎了一根牛皮带，麻利干练，内行人一看，就知道他们是"老安装"。

熟悉他们的人都知道：每当重大设备吊装前夕，他俩谁都不说话了，眉头老皱着。必须沟通的时候，他们讲话时，也是轻声的、短促的。

施工现场，核反应堆网架像只巨大的网球拍，被拆成一块块。预备一块块吊到核反应堆顶，再进行拼装。

参加吊装的机装队50多名工人，都是队长带队，在忙忙碌碌做准备。

随后，塔吊从高空挂下4根胳膊粗的钢丝绳。大伙儿把钢丝绳拽到网架上一试，他们马上发现，4根钢丝绳的长度不齐。

他们赶紧把长的两根绕了两圈，可是，这样一来，又太短了，这可麻烦了。

起重老师傅杨烈享，是已经退休又重新请回工地的机装队老队长。每逢工地要吊装重大设备时，这位老队长，总是被请回来担任现场指导。

看到这里，起重老师傅杨烈享说："长的两根，下面填枕木试试吧！"他又给大伙儿鼓劲说："要干，就得干成功！"

于是，王中勤他们让塔吊把钢丝绳再往下降了一些，几位工人便朝网架和钢丝绳中间填枕木，果然不错，还真行。

这时候，杨烈享又说："多晃悠晃悠几次吧！要枕木挤压硬实喽。"随后，钢丝绳慢慢绷紧了，"嘎嘎"声越来越大。就这样，大家再试吊几次成功后，天也暗了下来，于是王中勤他们决定明天核反应堆网架正式起吊。

第二天，即阴历年三十，天还没大亮，工人、干部6时就进了场，地面上结着一层坚硬的冰碴。

当时，天气奇冷，有零下两三度的样子。再加上嗖嗖的海风掠过江面，从秦山腰回转身，把人冻得拙手拙脚的。看样子又要下雪了，这对吊装可是一个考验。

要知道，有风对起吊像网架这样大体积的设备是很危险的。网架吊半空里，正好被风兜住了，变成了一片"帆"，曳倒塔吊都是有可能的。

赵宏也来了，他穿了件蓝棉衣，戴着顶橘红色的安全帽，也穿着翻毛皮鞋。

随后，他指挥说："反应堆顶部50米高空作业的，尽量调单身工人上去。正是年关当前，有老婆孩子的，难免思想着办年货什么的，万一分心，失手从高空摔下来，那不砸了锅？"大家准备好后，就等风小一点就起吊。

9时整，老北风一丝儿也没有。大家一阵狂喜，都说："好机会！真天助我也！此时不干，更待何时？"

大家说干就干，随着赵宏的一声令下：起吊！网架缓缓地升空，这时候，老天突然翻了脸，纷纷扬扬地下起了漫天的大雪。

还好，尽管雪很大，可是风却很小，不太影响吊装。因此，吊装工地上依旧一片忙碌，见哨音阵阵，红旗翻动，搅着一天风雪，好不壮观。

40分钟后，网架高悬在核反应堆上离地面50多米的高空，蹲在上面负责接应的工人师傅的手可是冻僵了。

网架吊到核岛反应堆顶部后，准确地搁置在水泥墩上。这时，他们才紧张起来，顾不得寒冷，马上扣紧螺帽固定。

因为网架刚刷过油漆不久，工人不能穿皮鞋踩上去，所以他们只得脱了鞋，穿着厚厚的毛巾袜在网架上踩。

可是也冷啊，没过多久，他们就感觉脚趾像没了，脚底板也是木木的。再加上网架上又覆一层雪，一滑一滑的，真是又冷又危险。

就这样，11时左右，第一片网架才安全就位。网架吊装成功了，大家手舞足蹈，高兴得忘了严寒。吃了午饭后，他们又对第一片网架进行了加固拼装。

除夕之夜，工地食堂为奋战在工地的工人举行了聚餐。赵宏酒斟满杯，举起来祝福大家说：

党中央、国务院知道大家今天仍在为我国第一座核电站的早日建成发电而苦干，他们非常感动。

李鹏同志要我代表他和党中央向所有的今天仍战斗在第一线的干部、群众表示亲切的慰问。并祝大家新年快乐，在来年的工作中顺顺利利。

第二天，大年初一，网架吊装准备继续进行。可是，雪下得很大，秦山工地上银装素裹。杭州湾海面上，雪花飞舞。

一大早，机装队队长李正国来到搁在地面上的网架前，他发现积雪足足有10厘米厚。

副队长陵来忠也很担心，他便过来和李正国商量：是否需要暂时停吊？大年初一，出个意外事故，可不吉利。

商量来商量去，大家说：工期不等人。再说，现在正是数九寒天，雪哪有消停的时候。干吧！小心点就是了。正月初一，干他个酣畅淋漓，来年才有个开门红。

当时，雪花纷纷扬扬下得正欢，直扑人脸，风却不大。说干就干，工人们个个在工作棉袄外面拦腰拴根绳子，防风雪钻入棉袄里面。待干上一阵后，大家都热出了一身汗。

就这样，第二片网架，在哨音中，在风雪中，在红旗翻动下，又安全就位了。

安全壳穹顶吊装成功

核岛反应堆的网架吊装完成后，赵宏指挥他们接着就开始了反应堆安全壳穹顶的吊装。

吊装核反应堆安全壳穹顶的任务，是由机装队起重工程师陈廷祥负责预案设计并指导吊装完成的。

陈廷祥是四川绵阳人，他是正儿八经的"老三届"。在大学里，他学习的是修理重型起重机械。

毕业后，他便被分配到了核工部二十三公司的八一六厂工作。1977 年 2 月底，他又被分到工区，承担"八一六"工程筹备电厂的吊装、运输等技术工作。

可是不久，"八一六"工程却下马了。于是，他申请了到秦山核电站工作。

早在 1983 年，秦山核电站筹建之初，陈廷祥和其他几个工程技术人员，到法国和日本参观考察了国外的几处核电站。关于核反应堆安全壳穹顶的形制和吊装情况，他们只得到了一般性的参观，并收藏了一些非资料性的照片。

回国后，陈廷祥仍然视这些非资料性的照片为至宝。有事无事，他就对着这些照片一遍一遍地看，一遍一遍地琢磨。

在这个基础上，陈廷祥先后完成了秦山核电厂工程大型设备吊装运输技术措施及方案。其中包括：核岛反应堆压力容器壳体吊装方案、蒸汽发生器吊装方案、200T/10T 环形桥式起重机吊装方案、安全壳穹顶钢衬里吊装方案、安全壳穹顶吊装方案。

而在这所有的吊装项目里，又以安全壳穹顶的吊装难度最大。要知道，安全壳穹顶像一只倒覆的"大镬"，这样的型制是为了罩住核岛反应堆顶部。

这只倒覆的"大镬"高达 6 米，直径为 36 米，重 144 吨，要凌空吊上 55 米高度，相当于 20 层楼，该怎么个吊法呢？

前面已经说过，陈廷祥他们参观考察法国和日本的几处核电站时得知：在法国，他们是把"大镬""对剖开"来后，半片半片地吊，搁上核岛顶部后，再并装完成的。

例如：法国法马通公司的安全壳穹顶吊装时，左右两片搁到反应堆顶部以后，两片中间的缝隙大得可以钻进脑袋。吊装过程里，安全壳穹顶都变形了。严格地讲，这是不允许的。

而在日本，他们是把"大镬""拆散"成一小片一小片，吊到核反应堆顶部后，再搭起支撑进行拼装。而一小片一小片地拼接，还要搭支撑，太繁杂。

于是，陈廷祥他们就想：我们是学欧洲，还是学日本呢？他们商量来商量去，一时也拿不定主意。

有一天，陈廷祥忽然灵机一动，他想道：咱们既不学法国人那么对剖，也不学日本人那么零拼碎装，咱们来它个水平一刀，把"大镶""切成"上下两半。

那么，"大镶"下部是只巨大的环圈，重约 71.5 吨，而上部顶盖重 72.5 吨，就像只电饭煲的盖子。

于是，在总工程师王中勤和其他技术人员的协助下，陈廷祥日夜算呀，画呀，终于设计出吊装安全壳穹顶的方案。

紧接着，核电站技术组开会审查了陈廷祥负责设计的安全壳穹顶吊装的预备方案。

当时，参加会议的有核工部、国防九院、上海核工程研究设计院等部门的 60 多名技术专家。

在这次方案审查会议上，陈廷祥活像一个"拳击手"，被一群高明"拳击手"团团围困在"垓心"。他对来自各方专家的每一记"重拳"，都须认真有力地予以"回击"。

专家们问陈廷祥说：法国法马通吊装方式是比较成熟的，你为什么要舍近求远、弃而不用呢？

陈廷祥向所有的专家解释说："我的设计之所以没有采用法国法马通吊装方式，是因为，法国的对片吊装是依靠里面一根钢丝绳拉紧以防变形的，而钢丝绳是挠性刚件，钢丝绳的预应力，是无法理论计算的。所以几乎无法避免'大镶'的变形。"

接着，他举了一个现存的例子：例如，南朝鲜核电站的反应堆安全壳穹顶采用的是法马通方式吊装的，"大

镤"吊上反应堆以后，安全壳穹顶变形，无法就位。

最后，他们只得请法国人来作挽救处理。法国的工程师到现场后，看了一看说：得先把"大镤"放下，待处理完后，再吊装上去。

而且，南朝鲜得先付 30 万美元的劳务费，法国人才愿意帮助解决问题。

就这样，陈廷祥和专家们一问一答，一答一问，整整三天就过去了。当时，陈廷祥被专家们"击打"得疲惫不堪，神经始终处于高度的亢奋和紧张中，连夜里都平静不下来。所以，他失眠了。

最后，方案是通过了，但陈廷祥却累垮了。此后，他老是觉得两耳嗡嗡作响，而且牙也开始松动，牙根开始疼痛，牙龈开始萎缩。

再后来，才 30 出头的人，陈廷祥的大牙、臼牙、门牙陆续都拔掉了。

话归正题，吊装方案通过后不久，陈廷祥他们就开始做反应堆安全壳穹顶吊装前的准备工作。

赵宏问他们说："只有 4 天时间了，你们能完成准备工作吗？你们二十三公司有'不怕吃苦'的传统，这次你们也不能给工期拖后腿呀。"

赵宏的几句话说得大家心里热乎乎的。于是，陈廷祥他们说："放心，赵副部长，我们一定按时完成任务。"

机装队的副队长陆来忠，后来回忆起安全壳穹顶吊装的准备工作时，他说：

吊装安全壳穹顶，一怕变形，二怕就位不准。我们用的是100吨吊车，负荷要吃到99%。

因此，结构工程师戴长山在力点上反反复复地计算，因为吊车只有一吨的余量嘛。

离起吊只有4天时间了，反应堆上还有5至6块钢条和400多块木板，都要吊上去，铺在安全壳穹顶上，作脚手架用。

大家一商量，3个起重队全往上调。地面、穹项、安全壳穹顶3处同时展开。就这样，连干了3天3夜，我们二十三公司吊装队提前一天，完成了全部的准备工作。

1988年3月18日，这一天是正式吊装安全壳穹顶的日子。一大早，秦山山腰的公路上，就站满了观战的群众和各路新闻记者。

参加这次现场报道的有：北京新华社记者、《人民日报》记者、《工人日报》记者、上海电视台记者、浙江电视台记者、嘉兴电视台记者、海盐电视台记者、《海盐报》记者、海盐广播电台记者。

大家手中的照相机、摄像机，都齐刷刷地对准核岛反应堆，只等指挥长一声令下，便开始记录这恢弘的场面。

与此同时，机装队的干部和工人，在反应堆前忙上忙下。吊装指挥长唐发玉、彭佑铭肩披鲜红镶黄条绸带，手执指挥小红旗，镇定地立在塔吊前。

在山腰的公路上，观战的工人、群众、新闻记者、承担安全壳穹顶制作的工人们，和参加吊装的机装队工人们的心情一样激动。

要知道，直径 30 多米的安全壳穹顶，在当时简陋的条件下，不可能搭好工棚再装配。所以，在整整一个年头里，无论酷暑和寒冬，工人们拼装、焊接都是露天作业的。

安全壳穹顶共 5 层，重达 144 吨，上千块钢板、成千上万根钢管，一根根、一块块，拼起来、焊起来不容易。

夏天的时候，烈日裸晒的工地像个大火炉，尤其是那些钢管铁梁跟前，远远望去都喷发着炙人的热浪，工人一不小心蹭上去，就会被烫去一层皮。

而冬天的时候呢，风雪交加的工地像个大冰窖。尤其是那些钢管铁梁上都裹了一层冰凌。手一抓到穹顶的钢铁骨架，人就感觉到冷得像刺刀一样。稍微抓得久，工人们的手就会被"咬"掉一层皮。

一年来，安全壳穹顶防腐通风班的工人们也不容易。我们都知道：海风潮湿，有一股子海腥味，而夏天尤其明显。工人们站在施工脚手架上，经海风一吹，整个人浑身上下都咸滋滋、滑腻腻的，就像一条大海鱼，别提多难受了。

另外，海风的腐蚀性也大，工人们刷好的壳体，经海风一吹，没几天，就又锈迹斑斑了。所以，工人们一遍一遍地漆呀，喷呀，那么庞大的穹顶，就像漆一件精致家具一样细心。

因此，不妨说，那穹顶上涂的不是油漆，而是防腐工人的心血。

1988 年 3 月 18 日当天，二十三公司兼第三安装公司经理关纪群、党委书记刘海升、副经理周成雪、总工程师陈培田、王中勤，全都在现场。

他们穿戴的都是一样的安全帽，一样的工作服，一样的翻毛皮鞋。

9 时整，赵宏对周成雪说："开始吧！"周成雪得令后，当即用电喇叭发出命令："起吊。"

随即，站在起吊位置的指挥长唐发玉吹响了哨声，指挥旗舞得刚劲有力，吊车司机闻令后，当即按动电钮，只见拼装台上的安全壳穹顶稳稳地离地升起。

此时此刻，大家的心都被揪住了。近千双眼睛不约而同地注视着这个庞然大物，现场一下变得格外地安静，没有一点嘈杂声，只听得见塔吊电机的隆隆声。

庞然大物在继续上升，5 米，10 米，20 米，40 米，55 米，没有出现异常现象。于是，指挥长唐发玉发令"停车"，垂直起吊结束。

紧接着，哨声又起，吊车司机再次按动电钮，随着令旗指示的方向，只见百吨塔吊的巨臂缓缓平移到筒体顶端位置。

然后，安全壳穹顶对准轴线徐徐降落，随后，经过几次小的微调移动，安全壳穹顶降落就位了。

成功了，安全壳穹顶吊装一次成功。所有人的心顿时都轻松下来，霎时间，工地上掌声雷动。

安全壳穹顶吊上去了，但是，脱钩却遇到了难题。原来，安全壳穹顶离支撑面只有2至3厘米的距离，3个支撑面对准了，还有一个点对不上。

这个意外的小问题，就把上面负责安装的工人们折腾得够呛，他们忙得中午饭也顾不上吃。于是，下面的工人就去工地的商店里买来一些汽水、饼干吊上去，给上面安装操作的工人吃。

就这样，大家一直干到16时多，安全壳穹顶吊方才脱钩落位。

秦山工地的所有人，这才真正松了一口气。

抢修塔吊和核岛平台

核岛反应堆的安全壳穹顶的吊装完成后，赵宏他们接着就开始了核反应堆压力壳的吊装。

6月初，压力壳吊装的准备工作在紧张地进行。与此同时，核反应堆内的18米平台的安装正在紧张进行。装好平台，才可以吊压力壳。

为了抢工期，焊接工人们几乎夜夜加班到深夜零时。要知道，电焊光特别招蚊子，电焊工地周围的芦苇丛、野草堆、河汊里，成千上万只蚊子朝核反应堆聚拢过来。

别看秦山工地的蚊子个头小，可是叮人却特别毒辣，一上来就吸一肚皮血！这些蚊子嘤嘤嗡嗡的，围着工人们上下飞舞，赶也赶不走。

起先，工人们还硬抗着，不理睬它们。可是，等蚊子一发动"集团冲锋"，大家就吃不消了。

一手掌下去，无论拍在哪里，都是一手掌斑斑渍渍的血迹，一看，眼都怵了。

可是，尽管这样，因为工期紧，工人们还展开了劳动竞赛。比如，毕福尚、林信祝带的两个铆工班，谭定银带的一个起重班，三个班的人，都抢着用反应堆内的环形吊车。

蚊子是越赶越多，到后来，整个反应堆里只听得一

片沉闷的"嗡嗡"的"号角声"。看来，蚊子大有把工人"消灭"在核岛之势。

于是，工人们在脚上、手臂上、脖子上、脸上，凡是露肉的地方，都涂上防蚊膏。"战斗"到这里，蚊子们才徒有"嗡嗡"不停、漫天飞舞的份了。

就这样，核反应堆内的18米平台的安装施工，一直紧张有序地进行着。

7月17日12时50分，秦山工地上热浪袭人，工人们都在宿舍午睡。突然，"轰隆"一声巨响，惊动了整个工地。

半梦半醒中，工人们都意识到：出事故了！于是，大家纷纷从宿舍冲出，顶着烈日和热浪，朝各自的工位跑去。

出事地点在核岛的塔吊下面，大家一看，顿时都吓呆了。只见百吨重的大塔吊的吊臂像截扭曲的"巨人"坠落在地上。

再过30多天，核岛反应堆的压力壳就要开始吊装了。没有这个塔吊，简直是寸步难行。何况，就目前而言，18米平台的施工，光材料就有100多吨没进核岛。

这个大事故一出，无异于断了秦山工程的"手臂"。

围在瘫痪的塔吊旁边，每个人的心，都像灌了铅一样沉重，这可怎么办？

当晚，公司召开了紧急会议，赵宏当即决定：

组成 3 路人马，一路负责调查事故原因，一路负责外出寻求"救援"，一路负责准备抢修塔吊。

第二天，事故调查有了结果：原来，塔吊在烈日的暴晒下，发生了热变形，致使煞车松开，因此，吊臂上的承重钢丝失去了作用，吊臂便自己坠毁了。

紧接着，负责外出寻求"救援"的人马回来报告，浙江省周边的工地，没有百吨的塔吊可以借用。所以，只剩下最后一条路了——抢修大塔吊。

于是，赵宏果断地命令机装队副队长陆来忠，负责带人抢修大塔吊。

为了把损失降低到最低程度，陆来忠随即将人力组成抢建、抢修两路人马。

抢建任务由张登勇班、唐发玉班、焦锡成班承担。抢修任务由起重谭定银班、朱必义班、钳工李乐贵班、铆工刘同林班、电气队承担。

担任抢建任务的班组，采取"人拉肩扛"的办法，做到"人歇机不歇"。有的时候，哪怕是最原始的操作方法，只要是能赢得时间，再累大家也心甘情愿。

工程不能停下来，于是，他们就想出一个办法，用一部50吨的汽车吊来代替。可是汽车吊臂不够高，他们就在反应堆下面用枕木搭了个台，把汽车吊开上去。

再比如，18米平台3号至4号立柱间有4根角铁支撑，每根角铁重约 10 吨，必须运往 18 米平台的底部。

唐发玉班的工人，在退休老工人杨烈享同志的指导下，就从 03 厂房的 2 号楼顶，用人工滚杠挪移的方法，分解移至 50 吨吊车伸臂处，再用缆绳运往 18 米平台底部吊。

一天下来，工人们个个浑身上下沾满了黄油。为了抢时间，大热天的，他们一连几天洗工作服的时间都没有。

他们都说："一天干下来，浑身像散了架似的，哪还顾得上洗衣服。上床就睡着了，明天还要拼抢呢。"

以上是事故发生后，陆来忠他们抢建 18 米平台的情况。

关于抢修大塔吊的情景，后来，陆来忠回忆说：

> 那段日子连续高温，37℃，38℃，39℃。公司里的人已开始上半天班了，可是我们每天从早上 6 时干起，一直干到晚上 21 时。
>
> 全晒在毒太阳下，中饭、夜饭都在现场吃。呵，我们只有一个想法：一定要完成上级交给的任务。

因此，工人们的工作服上，油呀，汗呀，最后都变成了一层层的盐渍。一件工作服，足足有两三公斤重。

抢修大塔吊，工人们得爬上高空，把塔吊一节节往下拆。从塔吊上取下钢丝绳最危险，又滑又沉，一不小心，连人带绳摔下来。

58岁的杨烈享，爬在塔吊铁骨架上，在70米的高空，挥动12磅的大锤，打废销子。

工人们在毒太阳下，挥动12磅大锤打啊，钻进塔吊拆啊，干到后来，有的人嗓子哑得发不出一点声音。

公司的领导把冷饮、凉水都送到塔吊前，不让他们蛮干，怕他们现场中暑。

就这样，到了8月30日，参加塔吊抢修的同志，个个脱了一层皮、掉了十多斤肉，瘦了一大圈。

与此同时，7月28日，18米平台只剩下最后一根横梁没有完成，已经是20时左右，核反应堆里两盏探照灯的光束还在对准着抢建工作点。

当时，因为高温酷暑以及连续的加班加点，所有的工人都疲惫到了极点。

8月29日、30日，抢建队一连两天通宵地干。工人们困得实在熬不住，就在18米的平台上随地睡一会儿。当时的蚊子可厉害，隔着厚厚的工作服都能叮进来。

就这样，在8月31日前一晚，抢修大塔吊和抢建18米的平台的工程同时完工。

百吨塔吊的修复，给压力壳的吊装带来了希望，给施工现场带来生机。

8月31日上午，压力壳开始吊装。压力壳是燃料组件的"包壳"。这家伙高10多米，壁厚20多厘米，重

230 吨，是只圆顶厚壁的大铁筒。

压力壳是核反应的第二层保护壳，它是核电站防止放射性物质泄漏的重要屏障。

它底部的通量管裸露在表面，共有 30 根，是用来吸收放射性中子的，这些通量管都很"娇贵"，所以经不起丝毫碰磕。

在此之前，机装队和配合施吊的电气队、动力队已多日吃住在工地现场。

压力壳的吊装非同一般，它的吊装成功与否直接关系到秦山核电站能否按期并网发电。

为此，国家核安全局局长姜圣阶、中国核工业部副部长赵宏、秦山核电厂各有关领导、二十三建设公司兼第三安装工程公司经理关纪群、总工程师陈培田、三公司副经理张木森、叶家成、曾庆海、周成雪，党委书记刘海井、副书记唐力等人，都亲临现场指导。

另外，中央电视台、浙江电视台、上海电视台等 7 个电视台和报社共 30 多名记者来现场录像、摄影和采访。随后，工地总指挥赵宏指示：

9 点开始起吊。

时间在一分一秒地过去，准备工作正在紧张进行。8 时 20 分，一切就绪。工作人员在各自岗位上坚守待命。严峻的时刻即将来到，参加吊装的每个人的心都悬着。

9时整，吊装总指挥周成雪发令："起吊！"

顿时，吊装指挥长杨烈享、副指挥长唐发玉同时吹响口哨，指挥旗挥舞得刚劲有力。

吊车司机闻令后，当即按下电钮，几家电视台的录像机，几十架照相机同时对准压力壳。

霎时间，这个高达10.7米、外直径5.43米、重230吨的庞然大物腾空而起。时间一分一秒地过去，压力壳在徐徐上升。

随后，压力壳平稳地落在18米平台平板车上，经过设备闸门稳稳地送进筒体，再由环吊吊往压力壳翻转支架上。

压力壳一次吊装成功！顿时，工地上响起热烈的掌声。至此，压力壳吊装完成，标志着秦山核电站进入全面安装阶段。

随后，核岛内部的安装会战拉开了序幕。

石述澧，一位负责堆内构件安装的年轻工程师，30岁，湖南省湘西北人，他是西安交通大学核反应堆工程系82届毕业生。

高中毕业时，他本想报考复旦大学数学系，谁知，他的物理考得好，被西安交大录取了，专业分配在核反应堆。毕业后，就被分配到了秦山核电站工作。

他说，在目前条件下搞安装，特别吃力。比如：堆内构件的筒体是日本锻造，上海第一机床厂配制的。它装在压力壳里面，而压力壳是日本制造的，而筒体与压力壳，得在核岛安装现场搭配。核岛安装现场没有制造厂的条件，所以安装困难很大。

要确定驱动机构控制棒的位置，石述澧他们先用英国泰勒公司出产的光学准直仪校正，但老校不好。他们请教上海测量研究所，研究所建议用水银盘放置在下面，从上面朝下面测。

石述澧他们这才发现，不光核岛内，就连核岛施工机械的轰鸣，甚至海潮，都影响测量。他们做了个实验，脚步，甚至连翻过一页书，都使水银面微微波动。因此，测量得在半夜干。

装压力壳镶块前，他们反复地做冷装试验。液体氮冷到零下 198 摄氏度，溅到皮肤上，竟像钢水一样，会"咬"伤人。所以，镶块一定要在 5 秒钟内装入，过了 5 秒钟，镶块膨胀，要"热"死在半途上。

有一次，石述澧他们做事故试验时，忽然，有人感到气闷。石述澧赶紧说："快离开！"原来，挥发的氮气，分量重，把试验现场的氧气赶跑了。人缺氧气就感到气闷。

因此，正式工作了，下筒体前，石述澧要求大家带上液压空气筒。后来，查到相关资料，果然有人在筒体里闷死过。没有经验，一切都靠摸索呀。

安装好的核岛，像一座迷宫，幽深曲折，到处是复杂的管道、电缆、监测仪器。

站在核岛中间 18 米平台上，又似在一个圆形大厅里，里面严严地衬一层钢板。

联邦德国进口的 300 吨巨大环型吊凌空盘旋，在长方形换料池的不锈钢板衬里，熠熠放光。

反应堆堆芯已就位，只等罩上压力壳了，这里就是核反应堆放出巨大原子量的部位。

站在这里，有谁不为我国现代工业的恢弘气势所震撼呢？

火电队承包常规岛安装

核岛反应堆的安全壳穹顶的吊装完成后，紧接着，赵宏他们就开始了核反应堆常规岛的设备安装。

而常规岛的设备安装攻坚项目，又是汽轮机的安装，因为，它需要很强的专业技术。

要知道，这种将蒸汽转变成动能的奇妙机器，在它工作时，前面是 100 多公斤压力的蒸汽，到了后面，却变成了 30 度左右的水蒸气。而高速旋转的转子，就浮在一层纸一样薄的油膜上。

而当汽轮机几十吨重的转子，以每分钟 3000 转的速度高速旋转时，其垂直方向的振动，却不允许超过 2 丝，即一根普通头发丝直径的四分之一。

在此之前，核工部没有安装过功率达 30 万千瓦的大型汽轮机组，安装汽轮机的专业队伍在水电部。

于是，赵宏向水电部副部长姚振炎求援。赵宏一见姚振炎，就开门见山地说："老姚哇，这次你们水电部一定得帮帮我呀！"

随后，赵宏对姚振炎说了自己的想法：想在水电部物色一支专业队伍，承担秦山核电厂常规岛部分的安装任务。

姚振炎一听，顿时来了精神，因为他知道，就在秦山核电站不远的北仑港，有一支技术十分过硬的火电安装队伍，而核电站常规岛的大部分安装与火电站完全一样，因此，才被称作"常规岛"。

随后，姚振炎从北京打长途电话，直接挂到浙江省电力局副局长丁有德办公室。

姚振炎也对丁有德开门见山地说："老丁啊，有没有兴趣搞核电呀？核工部要物色一支火电队伍，到秦山去安装常规岛呢！这个忙你一定得帮啊。"

于是，姚振炎推荐核工部派人到浙江省火电建设公司去接洽。随后，核工部派了"特使"张世贵前去北仑探路。

北仑，这个名不见经传的地方，从1978年起，突然频繁出现在中外报刊、电台、电视台的重大新闻中。

在短短的几年时间里，前后就有李鹏、乔石、姚依林、彭真、万里、田纪云、宋平、谷牧等中央领导，来这里视察参观。

与此同时，美国、日本、英国、苏联、联邦德国、法国、利比亚的一批批工商巨子、能源专家，也相继踏上这块土地参观访问或洽谈业务。

因为，我国最大的港口电厂，就耸立在这块土地上。而北仑港电厂的承建单位，正是浙江火电建设公司。

这天，张世贵驾驶着吉普车沿着波涛滚滚的甬江，折而向南，他没有驶向北仑港火电厂，而是转向距离北仑港5公里左右的另一座70万千瓦大型火力发电厂，即镇海发电厂。

这家火力发电厂的承建单位，也是浙江火电建设公司。而且，张世贵要找的人也正在工地。

据张世贵了解，五年前，浙江火电建设公司添置了一批现代化火电工程设备，其中包括两台250吨的日本履带式吊车，一辆200吨大平板车和100多辆各型汽车。

驱车抵达镇海发电厂后，迎接他的是浙江省火电建设公司副总工程师程德元。

程德元举止随和，穿着随意，他是个老资格的火电安装工程技术专家。接着，张世贵向程德元说明了此行的目的。

随后，程德元陪着张世贵登上镇海发电厂的汽轮机房。张世贵看见两台12.5万千瓦和一台20万千瓦的汽轮机组，齐齐整整地排列着，仪表盘玻璃表面干净，闪闪发亮。

据程德元介绍，这3台机组都已经安装调试完毕。张世贵看得十分仔细，随后，他了解到：

浙江火电建设公司于1985、1986年，连续两年被水电部授予"火电功臣"的称号。他们已经成功安装过70多台汽轮机组。

1986年，浙江火电建设公司曾被李鹏和水电部部长钱正英称赞为"一支年轻的、有希望的队伍"。

设备安装

回北京后，张世贵随即向核工部作了汇报，并表示：

很相信浙江火电建设公司的技术实力。

于是，国家水利电力部核电局、基建司电报召请了浙江省电力局副局长丁有德和浙江省火电建设公司经理王仲炎到北京洽谈，由浙江火电建设公司承包秦山核电站常规岛的安装事宜。

洽谈过程中，国家水利电力部核电局与会领导首先向王仲炎阐明了秦山核电站常规岛不同于火电站的地方。

这位负责人说：

常规岛并不常规啊！常规岛的任何事故都将影响核反应堆的正常运行。

据有关资料表明：世界各国核电厂三分之二的事故，都是由常规部分引起的。

秦山核电厂的30万千瓦核电机组，由于热力参数低，蒸汽量大，其设备等级实际上相当火电60万千瓦的机组。

而且，需要安装的汽轮机，有巨大的汽水分离再热器，有许多要求很高的快速动作阀门，管道直径大，管壁厚，安装工作量甚至大于60万千瓦机组。

而且，就目前进度来看，常规岛的安装工程任务重，工期紧，技术难，成败的关系重大。

它的成败直接关系到我国未来核电事业的士气，也直接影响到我国核电事业全局。

王仲炎听完介绍后，犹豫了一下。最后，他爽快地答应：

浙江火电建设公司在秦山核电站常规岛凝结器钛管的安装中给予支援，并且承担核工部委托的常规岛安装任务。

至此，浙江火电建设公司将作为全国第一支进核电厂安装的火电建设队伍，登上中国核电舞台。

后来，王仲炎回忆当初的犹豫时，他说：

承接秦山核电厂常规岛工程，对浙江火电建设公司不是没有困难。不，困难很多。

我们公司当时已承建台州、镇海、北仑三大工程，再要增加一个秦山，无论在施工技术、劳力方面，压力很大。

况且，干部、工人的思想也不统一。许多人从未接触过核电设备，对"核"抱着深深的疑虑和恐惧。

从前搞火电，现在搞核电。质量要求高，施工难度大，施工工期紧，工程"油水"少，可是，责任极重。

秦山核电厂可是个"通天"的工程哪，动辄"惊天动地"，搞这样的工程，任谁的心不"悬着"？

1987年6月，浙江省火电建设公司派出一支生气勃勃的队伍，正式进驻秦山工地。

负责带队的是公司党委书记柯毓柱、工程师朱光伟、副总工程师程德元、工地副主任黄祖荣。

柯毓柱是个刚硬型的汉子，黄黑、粗糙的脸庞仿佛嵌着细煤粒。1954年，他初中毕业，第二年就进了电力工人的队伍。

朱光伟，原在西北电力建设局工作。1976年，他参加过河北唐山陡河电厂的建设。同年7月26日，唐山地震发生后，大难不死的朱光伟，辗转来到了浙江省火电建设公司工作。

程德元，1961年毕业于浙江大学电机系，是一位吃过30年火电安装饭的老牌工程技术人员。

黄祖荣，40来岁，是个稳稳重重、瘦瘦小小的温州人。长年累月的工地生活，紧张、无节奏，把他的胃彻底搞垮了。没日没夜的加班、饱一顿、饿一顿，弄得胃部大出血，后来紧急送医院，一刀切去胃的五分之四。

王仲炎接下秦山常规岛安装工程后，觉得还缺一位安装汽轮机的权威压阵，于是，他首先想到黄祖荣。

因此，尽管黄祖荣出院不久，病体尚未痊愈，还在家里休养。当他听说王仲炎想再次请他出山，但碍于他的病情，不好意思开口时，他毫不犹豫找到王仲炎主动要求承担任务。

04号厂房，即常规岛，还没盖顶，墙也没砌。水泥柱和几层运行台面，倒真像简陋的舞台。

这天，安装队的汽车把人员、工具箱、常用资料、生活用具送到秦山工地，连个卸货的吊车都没有。于是，大家搭跳板，用肩扛，用手抬，用脚滚。

朱光伟去找了辆铲车，先装轮子，上好油，开到仓库卸货斜岛上，利用铲车卸货。

总务科也派了食堂大师傅跟队伍进场，可是没有个食堂，也是"英雄无用武之地"。

于是，大家临时用几只汽油桶改成灶头，没有柴草，就用工地上现存的煤球。煤球的火太猛，煮出来的面条都是一坨坨的面疙瘩。

没办法，柯毓柱他们临时决定，先在二十三公司食堂里搭伙。可是，人家二十三公司的人都是"川军"，无"辣"不成菜。

比如，麻辣豆腐，就是二十三公司食堂川菜的代表作。大家搭伙吃第一顿饭时，哎哟，辣得朱光伟和首批进场的100名浙江子弟"嗞嗞哈哈"、鼻涕眼泪一齐流。

吃饭还好凑合，大夏天的不能洗澡，就让这帮浙江子弟受不了了，到人家单位蹭洗吧，人家的浴室也紧张。俗话说，兵马未动，粮草先行。于是，火电总务科决定：

以最快速度办食堂、盖浴室！

1987 年 10 月 20 日，浙江火电建设公司经理王仲炎、党委书记柯毓柱专程奔赴秦山工地。

在海盐秦山宾馆会议室里，浙江火电建设公司与秦山核电公司就常规岛的施工流程和具体进度进行了进一步的磋商。最后，与会双方一致认为：

二回路常规岛基本工作量，应于 1989 年内拿下来。

至此，秦山核电厂常规岛安装工程正式开始了。

常规岛安装全部完成

1987 年下半年，常规岛开始安装。

常规岛的安装，是从"赤膊厂房"开始的。连座墙也没有，朱光伟他们先把一些行车轨道、热交换器、除氧器一类大家伙"搬"进去，把"架子"搭起来。

热机处汽轮机本体班班长姚坤权说：

核电机组体积大，因为属于中温中压机组，30 万千瓦的机组，其实相当于一台 60 万千瓦的机组。

我们公司还是第一次装这样大型机组。该机组技术是美国进口的，设备是国内制造的，这里面，常常有些地方连不起来，出一些不大不小的岔子。

第一场硬仗，是为汽轮机的底板做个模板。其实，就是一只钢铁框架，是固定汽轮机的底脚螺栓用的。

当时正是大热天，大家在毒太阳下面干活，模板重70 多吨，几十斤、上百斤的槽钢搬来搬去，那槽钢角铁一摸上去，不戴手套的话，就烫掉一层皮。

再加上乙炔喷枪一喷，那股热浪，像毒龙一样扑来。

汗水湿透了工作服，干了以后，就只见一圈圈白花花的盐渍。

40多米长、70多吨重的大家伙，模板孔距离误差不超过2毫米。姚坤权他们班就8个人，要干下这台30万千瓦的汽轮机，而且，是尚未完全定型的机组。结构复杂，安装吃力。

还好，秦山核电公司送来几个技工支援姚坤权他们，这几个技工是带培训学习性质来的。其他技术性不强的，他们只得招民工。就这样，他们一个工人带一个学员和一个民工，没条件，就苦干。

汽轮机的安装技术要求很高。这台机组的技术是引进美国西屋公司的。

按西屋公司规定，洼窝找正，拉钢丝，用千分表校正。

可是，姚坤权他们觉得美国人的方法太繁琐，倒来倒去的，不容易找正。

于是，他们采取压铅丝法，即把保险丝剪成短短的几截，填在夹板洼窝底部，用力一压，然后一道道测量，用这种方法，就简单得多了，而且准确率更高。

热机处副主任邹基力说：

汽轮机安装，确实不是一项简单的工程。秦山核电厂的汽轮机，除了技术软件和输油系统是美国公司进口的外，其他像高压缸是韩国进口的；凝结器钛管、钛板是日本进口的；主蒸汽管是西德和美国进口的；其余部分都是国产的。

因此，这样一个大杂烩，安装起来，有几个部分就非常棘手。

比如，凝结器，它是把在汽轮机里做过功的蒸汽冷凝成水，再通过给水泵把冷凝水返回核岛。

这家伙真大，有 4 层楼那么高，底面积有 100 平方米。

装配凝结器是在厂房外进行的，邹基力他们先搭起龙门吊，再进行安装。

安装好主要部件以后，才把它拖进厂房里接管道，装阀门。

那家伙进厂房后，位置狭窄得很，邹基力他们伸腿怕撞着头，附件又多，不好干。

凝结器的钛管焊接，在国内是罕见的新技术。邹基力他们先在现场围上布篷，铺上地毯，操作的工人都穿白大褂、穿拖鞋入操作现场。

当时，邹基力他们的队伍很年轻，平均年龄只有 25 岁，搞钛管焊接的几位师傅，都只有 20 岁左右。

浙江火电公司同时承包镇海、北仑、秦山三个工程，劳动力奇缺。

在此之前，他们请了山东的一只施工队来安装化水系统，等一检查，不合格。于是，邹基力他们只能自己干。

热机处主任工程师徐百顺说：

汽轮机的底脚螺栓预埋板，干得很苦啊。基础坑里，预埋钢筋密密麻麻的。人钻进去施工，难干极了。

凝结器的安装让徐百顺他们大伤脑筋，负责安装的一个是班长何岳夫，另一个是技术员张宝元。

凝结器整体安装好以后，拖不进厂房去。大家七嘴八舌，有的说把地梁打了；有的说，早知道这样，应该拉到厂房里面安装。

但这个方案早就有人想过了，现场太狭窄，又没有吊车，根本行不通。为此，徐百顺急得老毛病又犯了，于是，回家去住了几天。

程德元便隔天一个电话地催他。

电话里，程德元的声音，把话筒震得嗡嗡直响，他说："方案！我要你拿出凝结器的吊装方案。"

弄得徐百顺在家烧饭也想如何把凝结器吊进去。几天后，徐百顺回到秦山工地，他们把凝结器下部连接，上部松开，总算吊进去了。

凝结器吊进去以后，钛管全部现场拼装。

3.5万根管子，工作量相当大，两头要胀管，要焊接。7万只焊口，透水试验，没有一只漏水的。

核电厂里，核岛对常规岛有很高的要求。苏联的切尔诺贝利核电站，就是因为汽轮机做甩负荷试验时，工作人员误操作，引起核岛重大事故。

常规岛安装得不合格，会给核岛带来极大的威胁。

所以，常规岛与核岛一样，质量要求很高。当时，秦山核电厂的质量管理方法，叫作"质量保证"法，是从美国引入的管理经验，它的规范极其严格，这在我国也是首次推行。

以前，工人在不少设备安装好后，不做记录。或者，即使做记录，也是随便抓片纸头，甚至用香烟盒、火柴匣，记一下了事，而且，事后也不好好保存。

秦山核电厂自从引进"质量保证"法后，管理可就严格多了。例如，管理流程规定：一项设备安装好后，得由秦山核电公司质检处、浙江火电公司质保处、该项目安装人员三方现场会同，根据资料和安装记录进行验收，签字。

质保办公室主任、高级工程师说：

> 我们质检部门要做，没有办法，这"恶人"不得不做。因为我们是在造核电厂。

有一次，装管道工人把电缆桥架搞坏了，张金灿通知有关部门修复。事情过去了一个月，也没见人来修。

张金灿对他们说：不干，我可扣奖金了。因为，发奖金要经他签字的。果然，第二天，就有人来把它修好了。

还有一次，验收某管道，用伽马射线检查，焊缝不合格，按规定张金灿扣了施工班组的奖金。当时反应很强烈，不少人来向他求情。

张金灿说，不行，坚决得扣。就这样，扣了几次，大家的质量意识就树立起来了。他说："我们这是搞核电站，要为子孙后代负责啊。"

凝结器安装的质量要求就很高。因为，凝结器的钛管有几万根，一根管子十几米长，几个人托着朝里装。管径与孔壁相差又很小，还不许划伤。

有位负责安装的老师傅性子急，几根管子一齐朝孔里装，这不行，划破了怎么办？

于是，质保部门前来劝阻他，可他还是不听。最后，公司领导把他调离了秦山核电工地。

负责电气质检的刘家俊工程师对电气施工质量的要求很严格。

有一次，他发现电缆排列不整齐，坚持要施工部门理齐摆正，他不顾自己50多岁了，还亲自钻到电缆桥架下检查。他说：

> 这样的工程，不这样要求怎么能行。比如吧，有些预埋电缆上面要浇铺水泥，如果有隐

患，不及时检查出，一浇上水泥，那就糟了。所以，一旦我们发现哪里有问题，哪怕夜里加班加点，也得改。

1987年春节前两天，即阴历腊月二十八，浙江火电建设公司经理王仲炎，找到已从工地回杭准备过年的秦山工地副主任黄祖荣，要他立即组织一部分人员，亲自带队返回秦山工地，返修循环水管。

原来，黄祖荣他们在安装循环水管时，是按常规电厂的要求施工的。就在一天前，秦山核电公司质检处发现了隐患，要按照国家核安级要求施工。因为海水容易腐蚀，所以还要把循环水管的焊缝再烧一道焊层。

水管返工，这个事情本身并不棘手，棘手的是岁末年关，工人已回家过年，谁还有心思返回工地去干活呢？

当时，黄祖荣对王仲炎说："这总是过年后的事了吧？"王仲炎摇摇头说："不，我也知道现在找你太不近人情。为下这个决心，我也踌躇了好久。没办法，常规岛安装是有严格工期的。"

黄祖荣听经理这么要求，他也开始急起来，他说："有几个电焊工，已回萧山家里过年去了！"

王仲炎也急了，他提高嗓门说："回萧山过年了，也得把他们给我叫回来！难道你不明白，秦山核电厂的施工，是我们公司质量上一个台阶的一面镜子吗？"

听到这里，黄祖荣也不好再说什么了。于是，他亲

自带头，立即组织了质检处吕林根、钳工李国强、焊工来晓鹊、许尚华、朱建国、于建明、张锦明等工人，公司又专门放一部大客车，把他们从杭州带回秦山工地。

寒风嗖嗖的，他们一个个爬进冰冷的铁管，燎起电焊。尽管如此，工人们的屁股后还要搁只电风扇吹着，把烧焊的烟送出管外。否则，人受不了。

就这样，大家把置办年货、添新衣新袜的事都丢到脑后了。他们烧完一道缝又一道缝，一口气干到了除夕夜。干完后，大客车又把他们一个个送回杭州过年。黄祖荣他们一个个又脏又累，但一想到能过一个安稳年，他们心也就踏实了。

安装开压站 GIS 设备，是由高压班长潘国良队完成的。GIS 的全套设备都由日本进口的，没有一只备品。当时，潘国良带了 7 个技工、4 个学徒工，突击施工。

负责指导安装的，是一位日本技师，叫板口敏野。这个日本人很负责，自尊心也很强。

有一次，潘国良他们做设备的耐压试验，可压力就是上不去。负责电气安装的高级工程师吕子兴和班长潘国良都怀疑："会不会是设备的原因？"

板口敏野听了很不高兴，他的脸立即沉下来，说："不可能！我们的产品绝对可信！"

吕子兴工程师坚持他的判断，说："肯定是设备的原因！"于是，大家打开设备检查，一看，果然里面一只螺栓松了。

板口敏野当即就"唔"了一声，不再说什么。

板口向来认为，中国工人干活松懈，不负责任。可是，自从他到秦山工地，看到一起干活的潘国良带着一班生龙活虎的小伙子，那股干劲，让他逐渐心服了。

比如，潘国良他们钻进母线筒清洗、接线，额上的汗珠像黄豆般大一粒粒滚下，工作服都湿透了。

当时，板口敏野用温度计在工作现场一量：42 摄氏度！他咋咋舌，不由得竖起大拇指说："你们真厉害！中国人能干！"

平时，板口敏野常对潘国良他们说："我对你们要求严格，也是没办法。我跟你们每个人的角色是一样的。我出来，也有担子。出个事故的话，我的老板就会辞退我。"

在施工过程中，板口敏野常常反复交代，设备里头哪怕一根头发丝掉下去，都要破坏绝缘，要做到绝对的清洁。

在一次清理时，潘国良他们有个工人怀疑设备里面跌入了一个小纸屑。当时，设备已经封固，螺栓已全部拧紧。板口敏野听了那青年工人的怀疑，果断地说："打开，重新检查！有也好，没也好，再检查一遍！"

大家都表示同意。重新打开设备后，潘国良把吸尘器的吸管接长，仔仔细细地扫过设备的角角落落，检查花费了很大力气，不过，并没有发现什么小纸屑。

事后，板口敏野很高兴地对潘国良他们说："你们能向我说出你们的怀疑，这太好了！你们有责任心！"

经过这样的磨合，日本的 3 位技师，即板口敏野、千叶隆、廉野一横后来同潘国良他们相处得很融洽，大家相互都很尊重。

四、 并网发电

● 试验表明："运输是绝对安全的。新燃料的放射性是比较小的，用一张纸就可以挡住。运输时，核燃料有包壳绝对安全。"

● 彭真在视察时，为秦山核电公司题了词："秦山核电站，我国核能和平利用的开路先锋，要多方保证它安全运行，这是一件大事。"

核电机组全面进行调试

1989 年 12 月 26 日，秦山核电站工程进度从安装高峰逐步转入调试阶段。

秦山核电站是一座采用压水反应堆的工业规模的试验性核电站，考虑到中国没有建造核电站的完整经验，因此，在秦山核电站的设计中，选择的技术指标均留有较多的安全逾量，而不强调它的经济性。

而且，控制和保护设备均设有双重而又独立的系统。在放射性物质处理和三废处理及环境保护方面，不以达到标准为满足，尽可能留有后备逾量。

由于参数的选择留有余地，在电站建成运行取得足够经验后，预计可提高功率10%左右。

秦山核电站占地28万平方米。有建筑物38座，构筑物 12 座，各种设备约 4900 台、件，各种仪表 9000 台、件，各类阀门约 9300 台、件。70% 的设备和材料由中国自行生产。

秦山核电站共有 121 个燃料组件，由含不同浓度铀 –235 的低浓度铀制成，全部由中国生产。

秦山核电站是一项具有开拓性的技术难关密集的重大工程项目。它由反应堆和大约 200 个系统组成。

涉及热工、水力、机械控制、材料、电子、电力、

核物理辐射、环境保护等多种学科，仅设备屏台阀门就达5万多个。

"前面部分是比较容易的，后面就难了。"这句话是法国一位核电建设局局长巴什说的。

显然，秦山核电厂的总工程师钱剑秋是同意巴什这一说法的。巴什说的后面，指的就是整个设备的调试。

钱剑秋在抓技术软件的准备，即核电厂的调试、运行规程的制定。

这是一项工作量极大的工程，他简直要把床铺搬到办公室来了。他要负责检查完成一部几千万字的"巨著"。

外国专家生动地说："若干万年后，后人发掘出这个核电站的遗址，会以为这是一个造纸厂。"是啊，光是一个《最终安全报告》就是300万字。

此外，还有《最终环境评价报告》《在役检查大纲》《工程进展报告》《运行人员资格审查》《检修大纲》《应急计划》及各部、各系统的运行规程。

《最终安全报告》需报国家核安全局审查。国家核安全局为了培训《最终安全报告》的审查人员，送国外的培训费即达600万元人民币。

在具体审查《最终安全报告》时，国家核安全局一共提出1400多个审查问题，后经整理成600多个问题。这些问题都必须详细、明白解释清楚，得靠钱剑秋和大家一个个写出来。

紧接着，常规岛的调试也开始了。浙江火电建设公司派出一位副经理卢为民，坐镇秦山工地，开始总抓常规岛调试。

就在这时候，美国、法国、联邦德国、加拿大、西班牙、日本、罗马尼亚、意大利等国 11 名经验丰富的核电专家来到秦山。

这批专家都是"国际原子能机构组织核电站运行前安全评审检查团"的成员。他们是应我国政府的邀请，前来秦山对即将运行的核电站作最终审核的。

这个具有世界性权威的机构，将对秦山核电厂的可靠性，作出具有世界性影响的结论。

要知道，在核安全方面，世界各国是积极沟通的。为了全世界人民的安全，国际原子能机构有权否决待运行的、有安全隐患的核电站被投入使用。

因此，秦山核电站的质量能否得到国际的承认，这也是我国的核电事业能否得到国际承认的一个标志。

随后，各国专家仔细考察了核岛、常规岛，以及工地现场的角角落落，专家们随身带仪器，仔细察看焊缝，拍下现场照片。

紧接着，他们又审查了秦山核电站的设计软件，调查了有关设备制造厂的资质。就这样，他们花费了整整 21 天的时间，最后得出的结论是：

1. 秦山核电站工程主管阶层，是由有经验

的专家组组成的。

2．秦山核电站的设备、施工、质量都符合国际原子能委员会制定的施工标准。

3．秦山核电站后期调试的准备工作是充分的。

4．经检查，没有发现不符安全规格的情况。

5．预期秦山核电站将是高质量的核电站。

与此同时，经国内外严格培训考核的我国第一支核电操纵队伍诞生了，并已走上了秦山核电站主控室的运行操纵岗位。

陈松涛是一位具有核反应堆 1 万小时以上运行值班经验的工程师，如今成了秦山核电站主控室的一名值长。

他还有 30 多位伙伴，也同时走上了主控室运行操纵岗位。

秦山核电站操纵员是 1984 年、1985 年招聘的，几乎都是 1984 年后大学毕业的优秀本科生。

像陈松涛这样的工程师、高级工程师骨干，为数还不多，是从核燃料生产厂及核科研部门直接选调的。

早在 1986 年 6 月，秦山核电站操纵员培训正式起步。陈松涛告诉记者，尽管他具有核反应堆运行经验，由于堆型不同，系统和控制也不一样，一切基本从头学起。

对于那些学堆工、热能动力等专业毕业的大学生，由于缺少实际操作经验，培训就更为严格。

1987年前后，有40名操纵员分期分批出国培训，先后接受西班牙全尺寸模拟培训，其中包括模拟美国三里岛核电站事故的全过程。

9周之后，他们都通过考核，获得了西班牙核电站操纵员资格认可证书。

接着，他们又到南斯拉夫克尔什科核电站岗位实习，连续跟班、倒班三个月，增加了大量知识，接触了核电站所有操纵运行规程资料。

紧接着，操纵员们又到设在北京的核工厂模拟机培训中心复训，接受专门考试委员会的考核，在秦山核电站反应堆装堆前两个月，由国家核安全局颁发了操纵员执照。

向秦山安全运送核燃料

1990年2月27日，一列庞大的运输车队，缓缓自上海方向驶向秦山。

车队的前面，是交通警车高音喇叭开道，队尾仍是交通警车压尾。大大小小几十辆汽车、摩托车队列里，装载核燃料的闷罐货车，以每小时5公里的速度行驶，向秦山核电厂驶来。

在此之前，核燃料生产厂将整个燃料运输容器，在上海和成都之间做了两次往返试验。试验时，他们在运输车上放置自动测试仪器，自动记录下沿途的震动以及急刹车时的震动数据。试验表明：

> 运输是绝对安全的。新燃料的放射性是比较小的，用一张纸就可以挡住。运输时，核燃料有包壳绝对安全。
>
> 即使核燃料是裸露的，只要人穿着衣服，也完全可以抵挡。

车队驶入秦山核电厂，在核岛03厂房即核燃料库前停下。盛放核燃料的铅匣子，被安放在核燃料库里。

从运输车上卸下，入库都是机械操作，严禁任何人靠近卸货现场，或者擅自进入仓库。

此时，核燃料仍在库内盛放，并不立即装填到核反应堆里，要待核电厂各项设备全部调试结束，才可以正式填料。

首炉核燃料组件，第一批共 10 个组件。这批核燃料组件是由核工业总公司八一二厂研制生产的，通过了国家级出厂验收后，经过 3000 多公里铁路运输，抵达金山中转站，然后转运秦山。

首炉核燃料组件共 121 个组件。其他几个组件将于 7 月底之前全部运抵秦山，以确保核电站年内投入运行。

核燃料组件是核电站反应堆释放能量的核电部件。其"核心"是由铀－235 和二氧化铀烧结成的陶瓷件，呈双蝶形、圆柱体状，长度 10 毫米、直径 8 毫米。

陶瓷件按一定间隙装填在一根长近 8 米的合金管内。首炉核燃料装堆运行后，可使用 330 天，以后每年只需定期更换一次其中的 40 个组件。

1990 年 4 月 14 日，国务院总理李鹏第三次视察秦山核电厂。当天下午，车队停在核岛前。李鹏偕夫人朱琳，登上通往核岛入口处的铁梯。

李鹏到核反应堆、常规岛汽轮发电机组等主要工程现场及中央控制室仔细了解了施工进度和技术、质量等方面的情况，还听取了工程负责人的详细汇报。他说：

这次来到秦山，看到工程进展顺利，各方

面反映工程质量是好的，即将进入调试阶段，广大干部职工情绪振奋，感到很高兴，特此向担负工程建设的全体同志表示亲切慰问。

当工程负责人汇报到下一阶段的工作时，李鹏强调：

一定要保证工程质量，特别是即将开始的调试阶段，不要急于求成，要严格按程序、按标准抓好调试工作，及时发现和解决工程中存在的问题，以保证电厂顺利投产、安全运行。

他还要求秦山核电站"高标准、严要求培养运行人员。使他们具备高度的责任心、严谨的工作作风和良好的技术水平"，有了这三条，才能保证核电站正常运行。

● 并网发电

115

核电站成功并网发电

10月17日下午，秦山核电站反应堆压力容器顶盖组合件顺利吊装就位。这表明秦山核电站一回路主系统密闭工作已基本就绪。

反应堆压力容器是秦山核电站30万千瓦合件、底封头和法兰密封结构组成，主要用来包容和固定堆芯及堆内构件，把核裂变反应限制在其内部运行。

1991年1月26日，秦山核电站反应堆主冷却剂泵正式启动，从而拉开了热态调试阶段的序幕。

在主泵正式启动之前，现场各单位和调试人员仔细检测了整个系统对温度和压力的控制性能。在各项工作均达到要求的基础上，1月26日正式启动主泵。

一切正常之后，再逐步将主系统的温度和压力分别升至正常值。自此，秦山核电站开始进入热态试验阶段。

3月15日，88岁高龄的彭真冒雨来到秦山核电一期工程工地进行视察。陪同彭真视察的有浙江省委书记李泽民、常委夏忠烈，以及嘉兴市委市政府的领导同志。

彭真在模拟厅听取了秦山核电公司总经理赵宏等同志的汇报。当彭真听到秦山核电一期工程热态调试已接近尾声，工作进展顺利的情况后，他十分高兴。

接着，彭真又登上了45米高平台，鸟瞰核电站全

貌，并实地察看了主控室、汽轮发电机厂房和反应堆厂房。

所到之处，彭真同志详细询问了工程建设、调试和生产准备情况，他对核电站的工作给予了肯定，同时勉励大家："要同心协力攻关，争取早日发电。"

彭真同志在视察时为秦山核电公司题了词：

秦山核电站，我国核能和平利用的开路先锋，要多方保证它安全运行，这是一件大事。

6月25日，秦山核电站重要屏障安全壳顺利通过强度和泄漏率测试考验。

此次安全壳强度试验由冶金部建筑研究总院承担，整体泄漏率试验由秦山核电公司负责，并有二十二公司、二十三公司参加。

此次试验经过70小时、5个压力阶梯，将压力升至0.3兆帕、稳压2.5小时进行强度试验。然后降压至0.26兆帕，稳压36小时，进行整体泄漏率试验，最后分级降压到0位。整个试验历时230多小时，取得圆满成功。

这项试验是秦山核电站装料前，国家核安全局会同检查的一项重要试验项目。

它的成功，不仅标志着秦山核电站装料前的冷、热态调试已基本完成，而且为下阶段装料创造了必要条件。

10月中旬，秦山核电公司召开了核电站安全壳设计、

● 并网发电

建造、整体结构性能和密封性能试验技术成果鉴定会。结论表明：秦山核电站安全壳可确保环境安全。

核工业总公司、冶金部、清华大学、同济大学等单位的专家姜圣阶、欧阳予、余宗森等 70 余人参加了鉴定会。专家们经过认真的审议后认为：秦山核电站安全壳的建造技术，已经达到当今国际先进水平。

1991 年 12 月 15 日，我国自行设计建造的第一座核电站，即秦山核电站成功并网发电。以后每年可向华东电网送电 15 亿千瓦时。

霎时间，在秦山核电公司生活区，热闹的鞭炮打破了沉寂夜空。第二天，贺信贺电纷纷飞到秦山。人们走进总公司办公大楼一楼大厅，鲜红的报喜海报赫然在目。

至此，我国自行设计建造的第一座核电站，即秦山核电站的第一期工程圆满结束。

本书主要参考资料

《国史全鉴》本书编委会编 团结出版社

《共和国五十年珍贵档案》中央档案馆编 中国档案
　　出版社

《共和国要事珍闻》郑毅 李冬梅 李梦主编 吉林文
　　史出版社

《中国大决策纪实》黄也平主编 光明日报出版社

《永远的风景线》周咸明 徐维康著 原子能出版社

《秦山核电工程》欧阳予等编著 原子能出版社

《追赶太阳的人们》张万谷著 浙江文艺出版社

《秦山核电建设基本经验选编》郑庆云编著 原子能
　　出版社

《核电复兴的里程碑》王秀清著 科学出版社

《人民日报60年优秀新闻选》《人民日报》记者部编
　　人民日报出版社